東京創元社

人物
久蔵
太鼓長屋の大家の息子
千弥
太鼓長屋に住む
按摩の青年
玉雪
兎の妖怪
梅ばあ
梅の妖怪
梅吉
梅の子妖怪
弥助
千弥の養い子

登場
月夜公
妖怪奉行所
東の地宮の奉行
飛黒
烏天狗
津弓
月夜公の甥
あかなめ
風呂垢をなめる妖怪

えんえんら
煙(けむり)の妖怪(ようかい)
紅月(こうげつ)
松菊楼(しょうぎくろう)の遊女(ゆうじょ)
おあき
人間の娘(むすめ)
りん
母を捜(さが)す
子猫(こねこ)の妖怪
くら
黒猫(くろねこ)の妖怪

その他の人物

- **おいく**………久蔵の親戚
- **太一郎**………おいくの息子
- **羽冥**………骸蛾

目次

妖怪の子預かります　2

序章

ぼんやりとした明かりのそばで、男が一人、熱心に筆を動かしていた。

やがて、男は顔をあげ、満足そうに「できた」と言った。

「うんうん。良い出来だ。……どれ、最後の仕上げをしようかねぇ」

男はうしろをふりかえった。

薄暗い部屋の中は、籠がたくさんあった。鈴虫を入れるような小さなものから、かなり大きなものまで。がたがた揺れうごいていたり、中から悲鳴が聞こえてきたりしている。

それらをざっと見まわしたあと、男は一つの籠に目をつけ、「そうだねぇ。おまえにしようかねぇ」と、手をのばした。

籠からあがる悲鳴がはげしくなった……。

1　子預かり屋の弥助

江戸の町にはたくさんの長屋がある。

そんな長屋の一つ、太鼓長屋には、弥助という少年が住んでいた。浅黒い顔に、ぐりぐりっとした目をした、狸のような愛嬌のある少年だ。歳は十三だが、小柄なせいか、二歳ほどおさなく見える。親兄弟はおらず、かわりに千弥という養い親がいた。

千弥は目が見えず按摩をしていた。見た目は二十そこそこにしか見えない青年で、その顔はまさしく花よりも美しかった。

抜けるように白い肌に、ととのった目鼻立ち。頭を涼しげに剃りあげ、いつも目を閉じているが、それがまたなんともいえない色気をかもしだしている。

そして、千弥はとにかく弥助にあまかった。弥助のことだけは目に入れても痛くないほどかわいがっており、ほかのことはどうでもいいと、胸をはって言う。

こんな養い親はめったにいないだろう。だが、弥助自身もまた特別な子であった。

妖怪たちから子どもを預かる、子預かり屋なのである。

五月ほど前、妖怪うぶめの住まいをこわした罰として、弥助は子預かり屋となることを命じられた。さいしょこそいやいやだったものの、弥助は少しずつ妖怪に慣れていき、しまいには、あやかし食らいという魔物から、体をはって子妖怪を守ろうとさえした。

その働きが認められ、なんと、今度は正式に妖怪子預かり屋になるように、命じられてしまったのである。

その知らせが来たのは、ほんの十日ほど前のことになる。

(まさか、これからも妖怪子預かり屋をつづけることになっちまうなんてなぁ)

はあっと、弥助はため息をついた。とたん、千弥が風のように飛んできた。

「どうしたんだい、弥助？　ため息なんかついて、気分でも悪いのかい？」

「ち、ちがうよ。ちょっと息を吐いただけだよ、千にい」

「本当かい？　ちょっとでもおかしくなったら、わたしに言うんだよ。あやかし食らいの毒気は強いんだ。あてられると、なかなか抜けないからね……やっぱり心配だ。ふとんをしいてあげるから、寝たほうがいいんじゃないかい？」

「やだよ。これ以上寝ていてたら、かびがはえてきちまう。ほんとだいじょうぶだから」

「そうかい？　本当にそうならいいんだが……」

心配そうに言う千弥が、じつは白嵐という大妖怪で、妖界を追放された身であることを弥助が知ったのは、ついこの前のことだ。

（まさか、千にいが妖怪だったなんてなぁ。そりゃ、変わったところはいっぱいあったけど……何年もいっしょにいて、気づかなかったおれもおれなのかなぁ？）

だが、おどろきはしたものの、だからどうというわけでもなかった。

弥助にとって、千弥はあくまで千弥だった。正体が妖怪だとわかったからといって、これまで千弥が弥助を守り、いつくしんできてくれた事実が消えるわけではない。

それに、もはや千弥はあやかしにはもどらない。

妖界を追放されたとき、千弥は力の源である目玉を奪われた。そして、その目玉は、いまは新たなうぶめ石として使われているからだ。

一つのけじめがつけられたのだ。

そのことに、弥助はほっとしていた。これでなにがあっても、千弥が自分のそばからいなくなることはない。そう思ったのだ。

さて、その夜遅く、子妖が一人、訪ねてきた。

やってきたのは、六歳くらいの子どもだった。山吹色の衣をまとい、髪は顔の両側で輪に結ってある。色の白い顔はぷっくりと丸く、かわいらしい。でも、その頭からは二本の角が、尻からは細くて白い尾がのぞいていた。

「津弓！」

「弥助！　元気になった？」

ぱっと顔をかがやかせ、尾をぱたぱたふって、子どもは弥助に飛びついてきた。

「津弓ね、ずっとがまんしてたの。叔父上が、弥助はまだ元気になってないだろうから、行っちゃいけないって。でも、もうだいじょうぶかなと思って、来てみたの」

「ああ、だいじょうぶだ。このとおり、ぴんぴんしてるよ」

「よかったぁ！」

心底うれしそうに笑う津弓は、妖怪奉行所の奉行、月夜公の甥だ。だが、その顔も性格も、叔父とはまったく似ていない。

月夜公は三日月を思わせるような、すごみのある美しさの持ち主だ。津弓のような角はなく、かわりに銀の太い尾を三本もはやしている。怒ると、この尾をふりまわしてくるので、大変な迷惑だ。

弥助は月夜公が苦手だった。ただ、ありがたいことに、月夜公に会うことはめったになかった。むかし千弥となにやらあったようで、ここには近づきたがらないのだ。

きっと、甥の津弓が弥助になついていることも、気に食わないにちがいない。だが、甥には弱いので、はっきり「つきあうのはよせ」とは言えないのだろう。

あの月夜公がしぶい顔をしていると思うと、弥助は少々愉快になる。

だが、津弓のうしろにだれもいないのを見て、弥助はちょっとおどろいた。

「おまえ、一人で来たのか？」

「うん。叔父上はおいそがしそうだったから。だいじょうぶ。津弓、もう赤んぼうじゃないもの。だから、ほら、一人でもちゃんと来られたでしょ？」

「そっか。えらいな。でも、次は勝手に来たりすんなよ。月夜……おまえの叔父さんが心配するぞ。へたすりゃ、おれが殺されちまう」

すかさず千弥が言ってきた。

「ばかなことを言うんじゃない。そんなこと、だれがさせるものか」

「叔父上はそんなことしないよ。とてもやさしい方なんだから」

津弓も一生懸命に言う。あの月夜公をやさしいと言えるなんて、津弓くらいなものだろうと、弥助は思った。

そうこうするうちに、玉雪もやってきた。玉雪は兎の妖怪で、人に化けるときは、体も顔もころころとした女のすがたとなる。子預かり屋を手伝いに来てくれているのだが、これがまた弥助にあまいのだ。

「まあ、弥助さん。もう起きたりして、あのぅ、だいじょうぶなのですか?」

「玉雪さんまでよしてよ。もう毒気だってなんだって、抜けきってるよ」

「でも、あまり無理はしないほうが……」

「弥助。玉雪の言うとおりだよ。今夜はもう寝たほうがいい。津弓、帰っておくれ」

「千にい!」

弥助たちのやりとりに、津弓は目をまんまるにしていた。と、はたと手を打ちあわせ、ふところから小さな袋を取りだし、弥助に差しだした。

「そうだ。弥助にこれ、あげる。仙薬だよ。弱った体にすごくいいんだって。叔父上が飛黒にそう話してた。だから、一粒持ってきたの」

とたん、千弥はころりと態度を変え、「津弓。飴湯でも飲むかい?」と言いだした。

くすくす笑いながら、弥助はありがたく袋を受けとった。中に入っていたのは、親指の先くらいの大きさの丸い薬だった。色はこっくりと深い茶色だ。

さっそく飲んでみた弥助だったが、その薬のあまりのまずさに死にそうになった。

げほげほせきこんでいると、津弓が自慢そうに言ってきた。

「これでほんとに元気になるよ。叔父上、言ってたもの。その薬に

は、蝦蟇仙人の脂汗と、しいたけばばの垢と、えっと、化けうなぎの胆汁が入っているんだって」

「……それは知りたくなかった」

げっそりした顔をする弥助に、津弓はにこにこ笑った。

「これで弥助、だいじょうぶだね。みんなにも知らせておくね。みんなもよろこぶよ。弥助のところに預けてもらいたいって子妖怪、ずいぶんいるって聞いたもの」

「……そいつも叔父さんに聞いたのかい？」

「ううん。飛黒が言ってたの」

飛黒というのは、月夜公の配下の烏天狗だ。

「弥助はまだ元気にならないのか。親妖怪たちが奉行所に聞きに来るから、お役目がはかどらないって言ってた。うぶめより弥助がいいって言う妖怪もいるんだって」

顔なじみとなった妖怪たちの顔が次々と頭にうかんできて、弥助は胸が熱くなった。みんなが弥助を待ってくれている。それを聞いては、もうぐずぐず寝こんではいられない。

ぐいっと鼻をこすり、弥助は笑った。

「よし！　津弓。みんなに伝えてくれよ。もういつでも子どもを預けに来てくれって」

「わかった。じゃ、津弓(つゆみ)、もう帰るね。みんなに知らせてあげたいもの」

「そうかい？　それじゃ、玉雪(たまゆき)さん、悪いけど、津弓(つゆみ)を送ってやってくれる？」

「いいですとも」

玉雪(たまゆき)と津弓(つゆみ)を見送ったあと、弥助(やすけ)は戸を閉(し)めた。千弥(せんや)が少し不満(ふまん)そうに言ってきた。

「もう少しのんびりしてからでも、いいんじゃないかい？」

「ううん。みんな待っててくれてるみたいだし。おれもさ、みんなに会いたいからさ」

さあ、明日の夜からいそがしくなる。

そんなことを思いながら、弥助(やすけ)は土間からあがり、明かりを吹き消(ふけ)した。

2　奇妙な札

翌日の夜から、さっそく妖怪たちがやってきた。といっても、子どもを預けに来るのではなく、弥助の顔を見にやってくるものがほとんどだった。

梅妖怪の梅吉と梅ばあ、巨大な鶏夫婦の朱刻と時津、仲人屋の十郎とはさみの付喪神の切子、酒鬼の親子たちなど。

弥助の元気なすがたに、妖怪たちはよろこんだ。梅吉など、

「よかったよぉ。あやかし食らいに襲われたって聞いて、おいら、てっきり弥助はもうだめだって思ったんだ。無事でほんとによかったよぉ」

と、青梅のような顔をしわくちゃにして涙ぐんだくらいだ。

そんなわけで、それから数日は、弥助は見舞いにやってくる妖怪たちの相手をした。

だが、それも少しずつ落ちついていき、十日もすると、いつもの日々がもどってきた。

そして……。

本物の依頼が来たのだ。


その夜にやってきたのは、やせた妖怪だった。

まだ春先の寒い時期だというのに、ふんどし一つで、その上に蓑をひっかけただけのすがた。ぬるりと緑がかった肌、ばさばさした髪、ぎょろりとした目が不気味だ。そして、長い赤い舌をしていた。舌は口におさまりきらず、だらんと外に出てしまっている。

その妖怪は、あかなめと名乗った。

「今日来たのは、子を預かってほしいからじゃねえんでさ。人間の弥助さんに頼みてぇことがあってね。あっしの子どもらを、風呂屋に連れてってやってくれやせんか？」

「風呂屋に？」

「へい。あっしらあかなめは、風呂垢を食うんでさ」

れろろんと、あかなめは長い舌を回してみせた。

「風呂桶に垢やかびがはえるでやんしょ？　そいつをこう、なめとるんでさ。あっしらが行く風呂屋は、いつだってきれいだってことで、人間どもにも好評なんで」

ところがと、あかなめは苦りきった顔をした。

「最近、あっしらが出入りしてる風呂屋にね、やたら妖怪除けの札がはりつけられるようになったんで。それもただの札じゃねえ。子どもの妖怪だけに効きやがる。おかげで、風呂屋の中に入れず、うちのがきどもがひもじがっているんでさ」

「おれに風呂屋に連れてってほしいって、つまり、おれに札をはがしてほしいってこと？　だけど、脱衣場や洗い場は人だらけなんだよ？　見つかっちまったら、どうすんだい？」

と、それまでだまっていた千弥が口をはさんできた。

「なにも人がいるときに行く必要はないよ。いまなら、風呂屋ももう閉まっていて、だれもいないだろう。中に忍びこんで、弥助が札をはがせば、話はすむんじゃないかい？」

「あ、なるほど。それいいや！　さすが千にい！」

あかなめも、手を叩いてよろこんだ。

「そんじゃぁ、さっそくがきどもを連れてめぇりやす。ちょいと待っててておくんなせぇ」

そう言って、あかなめはすぐさま三人の子を連れてもどってきた。

子あかなめたちは親とそっくりだったが、みんなやせていて、大きな目ばかりがぎょろぎょろしている。ひもじそうに舌を動かしているのが哀れだ。

「じゃ、玉雪さん。おれたちを風呂屋に連れてってくれる？　どこでもいいから」

「あいあい。それじゃ行きましょう」

玉雪の手が弥助の手を握ってきた。次の瞬間、しゅっとまわりの景色がぼやけた。玉雪が跳んだのだ。ぐるりと、天地がひっくり返るような感覚が走り、弥助は目を閉じた。

ごうっと、空気がうねる音が聞こえ、そして静まった。

目を開くと、そこは人気のない真っ暗な通りだった。立ちならぶ店は、すべて閉まっている。そして、弥助たちの前には風呂屋があった。こちらも静まりかえっている。

弥助たちはさっそく中に忍びこんだ。脱衣場を通り、その先にある洗い場へと向かうと、ざくろ口が見えてきた。

ざくろ口とは、洗い場と湯船の間にある出入り口のことだ。とても低くできていて、かがまなければ、その向こうにある湯船に入れない。だが、この低いざくろ口のおかげで、湯の熱が逃げにくくなっているのだ。

弥助はあかなめ親子にささやいた。

「どうだい？　ここにも入れそうにないかい？」

「だめでさ。あのいやな札の臭いがぷんぷんしやがります」

「わかった。じゃ、これから中に入って、そいつをはがしてくるよ。ちょっと待ってて」

弥助は一人、ざくろ口をくぐって、札を探した。

それはすぐに見つかった。ざくろ口の湯船側のところに、白く細長いものがはりつけてあったのだ。弥助には読めないむずかしい字が、白い紙の上でのたくっている。

見たとたん、気味が悪いと、弥助は思った。形こそ札だが、よくないものだとはっきりわかる。

弥助は札のすみに爪をひっかけ、一気に引きはがした。

一瞬、ぴりっとした痛みが指先に走り、髪が燃えるようないやな臭いがした。だが、どちらもまばたきする間に消えてしまった。

はがした札をぐしゃぐしゃに丸めていると、きゃあきゃあとうれしそうな声をあげながら、子あかなめたちがざくろ口をくぐって駆けこんできた。湯船へと飛びつくや、長い舌で風呂垢をなめはじめる。よっぽど腹がすいていたのだろう。もう夢中だ。

つづいて、あかなめ親父がざくろ口をくぐってきた。

「いやあ、ありがてぇありがてぇ！　ほんと恩にきますぜ、弥助さん」

「ううん、いいんだよ。こんなことでいいなら、またいつでも呼んでくれよ」

あかなめたちを残し、弥助は玉雪と共に風呂屋を抜けだした。

「よかったですねぇ。あの子たちも、あのぅ、これでおなかをへらさずにすみますねぇ」

「うん。……だけど、こんな札、だれがはっつけたんだろ？」

「さあ、わかりませんねぇ。でも、弥助さん、そんな札は、あのぅ、とっとと捨ててしまったほうがいいと思いますよ。あのぅ、あんまりいい感じがしないから」

玉雪に言われ、弥助が札を投げすてようとしたときだった。

ふいに、生臭い風が弥助の首筋をなぶった。風は、不気味なささやきも運んできた。

「なん、だ、人間、か……」

弥助がばっとふりかえったときには、風も声も消えていた。

「た、玉雪さん……いまの声、聞いたかい？」

「声？　あのぅ、なんのことでしょう？」

「……ううん。なんでもない。たぶん、空耳だ。早く帰ろう。千にいが待ってる」

「あいあい」

玉雪はやんわりと弥助の手をとった。

3 化け猫と三味線

「母ちゃんに会いたいの」

あどけない声で訴えてきたのは、りんという名の子猫だった。三毛猫で、赤い着物を着ており、青々とした目は悲しげにうるんでいる。

りんを連れてきたのは、同じように着物を着た子猫、くらだ。こちらはりんよりも少し大きく、毛は夜のように黒く、生意気そうな目をしている。

おどろいている弥助に、くらははきはきと事情を語った。

「りんは、もともとはただの猫だったんだ。でも、いなくなった母猫を必死で捜しているうちに、いつのまにか化け猫になってたんだって。母親に会いたいって気持ちが、りんを変化させたのさ。で、その母親なんだけど、どこにいるかがようやくわかったんだよ」

「み、見つかったのかい？」

「ああ。もちろん生きちゃいなかったけどね。りんの母親は……三味線にされてたんだ。餌を獲りに行ったところを人間に捕まったんだと思う」

「…………」

「その三味線に、一目でいいから会いてぇって、りんは聞かねえんだよ。でも、その三味線は吉原にあるんだ。だからさ、あんた、りんを連れて、吉原に行っちゃくれねえかい？りんを母親の形見に会わせてやってくれよ」

弥助は首をかしげた。

「事情はわかったけど、それ、おれじゃなくてもできるんじゃないかい？　だいたい、猫って忍びこむのはお手のもんだろ？　自分たちだけでどうにかできないのかい？」

「それがそうもいかねえんだよ。……場所が問題なんだ。吉原は、地獄だからな」

「地獄……」

「そう。売られてきた娘たちの悲しみや怒りや恨み、そういうものがこりかたまって、すごい場所になってんだよ。りんみてぇな力の弱い妖怪なんか、あっという間にのみこまれちまう。……そうなったら、りんは、別のものになっちまう。もっと悪いものに……」

だからこそ弥助が必要なのだと、くらは言った。

「弥助は元気な魂を持ってるからな。明るくて強い生気があふれている。それが、りんを守ってくれる。人間の闇に立ち向かえるのは、人間の光しかねえんだ。どうだい？　頼まれちゃくれねえかい？　ここでりんを見捨てたら、男がすたるってもんだぜ？」

くらに熱心にかきくどかれ、弥助はついにうなずいた。

「わかったよ。……でも、どうやって中に入ったらいいかな？」

弥助は腕を組んだ。吉原のことはよく知らないが、大人の男たちが遊ぶ場所で、自分のような子どもが一人で行ける場所ではないということは知っている。

玉雪に連れていってもらおうかと思ったが、それもだめだった。玉雪にも、吉原の空気は強すぎるそうだ。

「……吉原って、そんなすごいとこなんだ」

「そうだよ、弥助」

世にもしぶい顔をして、千弥が口を開いた。

「本当なら、おまえを近づけたくもない場所だ。……どうしても行くと言うなら、わたしがいっしょについていこう」

「だめ！　絶対だめ！」

「そいつぁいけねえよ」

「あのぅ、よしたほうがいいと思いますよ」

弥助、くら、玉雪にいっせいに言われ、千弥は首をかしげた。

「なぜだい？　わたしなら吉原の空気にのみこまれることもないし、弥助のことも守ってやれる。ぴったりじゃないか」

「だめだよ。吉原って、女の人だらけなんだろ？　そんなとこに千にいが行ったら、大騒ぎになって、三味線どころじゃなくなっちまうよ」

「それなら、どうするっていうんだい？　さいしょに言っとくが、弥助を一人で吉原へなんか行かせないよ？　それこそ、絶対に許さない」

言いはなつ千弥に、弥助はふたたびため息をついた。

「吉原ってそんなおそろしい場所だったんだ。……久蔵はよく行ってるみたいだけど。あいつ、なんだってそんなとこに行きたがるかなぁ」

「それだ！　弥助、久蔵さんに頼んで、いっしょに吉原に行ってもらうといい。あの人にとっちゃ、吉原は庭のようなものだからね。まさにうってつけだよ」

「えええっ！　久蔵に頼むのぉ？」

弥助は思いっきりしぶい顔になった。

大家の息子、久蔵。歳は二十四だが、仕事もせず、親の手伝いさえせず、毎日ふらふら遊び暮らしているぼんくらだ。

弥助はこの久蔵が大きらいだった。自分と千弥に、やたらなれなれしいからだ。

あんなやつに、頼みごとなんて、まっぴらだ。

だが、りんは泣きそうな顔をして、こちらを見つめている。弥助はついに降参した。

「わかった。久蔵に話してみるよ。りんとくらは、ちょっとこのまま待ってて。玉雪さん、おれを久蔵のところまで連れてってもらえる？」

「あいあい。おまかせを」

玉雪はほほえんで立ちあがった。

玉雪の力によって、弥助は一瞬にして小さな居酒屋の前に運ばれた。居酒屋の中からはにぎやかな声が聞こえてくる。

「あいつ、ここにいるのか……。じゃ、玉雪さんはここで待ってて」

ぐっと、体に力を入れ、弥助は居酒屋へと入った。

中では、数人の男たちが楽しそうに酒を飲んでいた。つまみを運ぶおかみと小女が、なにやらおかしそうに笑っている。その視線の先には、久蔵がいた。腹を丸出しにして、みょうちきりんな踊りを披露している。なるほど、これではにぎやかなはずだ。

こめかみをぴくぴくさせながら、弥助は近づいていった。

久蔵がこちらに気づき、目を丸くした。

「たぬ助じゃないか。なんだいなんだい。どうやっておれの居所を突きとめたんだい？……まさか、うちの親もいっしょじゃないだろうね？」

おびえた目で弥助のうしろをうかがう久蔵に、弥助は小さな声で切りだした。

「た、頼みがあるんだ」

「へえ！　おまえが、おれに？　こりゃまたびっくりだ。……おまえも変わったねえ。前はおれと口きくことなんて、なかったのにさ。よっぽど大事な頼みごとってわけかい？」

「う、うるさいな、もう！」

「ま、いい。上で話を聞いてやるよ。ついといで。おかみさん、二階、借りるよ」

「あいあい。好きに使ってくださいよぅ」

久蔵に連れられて、弥助は居酒屋の二階へとあがった。六畳ほどの座敷に入ると、久蔵はごろりと横になった。

「で、話って？　千さんがいっしょじゃないってことは、家出でもしたのかい？」

「ちがう。……よ、吉原に連れてってほしいんだ」

弥助の言葉に、久蔵は目をひんむいた。

「吉原だぁ？　なんだいなんだい。おまえ、まだ十二かそこらだろ？　その歳でもう吉原？　なんてこった！　おれも相当ませてたけど、おまえにゃ負けるねえ」

「そ、そんなんじゃない！　ただ……その、ちょっと会いたい人がいるんだ」

「ははぁん」

久蔵がにんまりと笑った。

「なるほど。千さん一筋だったたぬ助にもねぇ……うんうん。わかるよ。おれも、おまえくらいのときはそうだったもの。女が色っぽく見えて、そりゃぁ、うずうずとさぁ」

「ち、ちがう！　なに勘違いしてんだよ！」

「まあまあ。照れなくていいぞ。うん。そういうことなら協力しようじゃないか。明日、さっそく連れてってやる。太鼓長屋の近くの茶屋、あるだろ？　明日の昼八つ時、あの茶屋の前で待ちあわせしよう。まあ、おれにまかせとき。なんだってさいしょが大切だ。おまえのお目当てがどんな女か、おれがちゃんと見きわめてやるからね。むふふ」

妙にうれしそうに、久蔵はがしがしと弥助の頭をなでたのだった。

＊

翌日の昼八つ時、弥助は待ちあわせの茶屋の前に立っていた。

「昨日の今日で、また久蔵と会わなきゃいけないなんてなぁ。なんでおれがこんな……」

ぶつぶつつぶやいていると、道の向こうから久蔵がやってくるのが見えた。

「よう、来てたんだね、たぬ助。早いじゃないか。……って、そのふくれっ面、なんとかならないのかい？　おれみたいに、少しはあいそよくするもんだよ」

「おまえみたいになるの、絶対ごめんだ」

「まったく、かわいげのないがきだねえ。せっかく口がきけるようになったと思ったら、憎まれ口ばかり叩くんだから」

頭をふりながら、久蔵は「ついといで」と歩きだした。弥助は久蔵とならぶのがいやで、少しはなれて、ついていった。

そうして二人は浅草へとやってきた。人のにぎわいを抜けて、大川に出た。川を舟で渡り、大きな土手へとあがった。土手はかなり幅広で、人通りも多い。

「ここが日本堤だ。粋な旦那衆はここから駕籠で吉原まで行くけど、せっかくだから今日は歩いていこう。おまえにはいろいろ見物させてやりたいからね」

日本堤をずっと歩いていくと、ゆるやかな下り坂へとやってきた。くねくねと、蛇が大きくくねったような道で、両脇には茶店が立ちならび、にぎやかだ。

「ここが衣紋坂だよ。大門をくぐる前に、みんなここでえりを正すのさ。吉原で遊ぶ客の、たしなみってやつだ」

「ふうん」

よくわからなかったが、弥助はどきどきしてきた。吉原は坂の下だ。ここからでも真っ黒な大門が見える。町人、武士、りっぱな駕籠が、次々とその門の向こうへと流れていく。早くもかすかな楽の音が聞こえはじめていた。

どぎまぎしている弥助の心を読んだかのように、久蔵がにやりとした。

「まだまだ。こんなもんじゃないよ」

二人は坂をくだり、大門へと近づいていった。吉原でただ一つの出入り口、大門はりっぱだった。黒塗りで、堂々としている。

だが、うっと、弥助はひるんでしまった。吉原のまわりは、幅二間はあろうかという溝でかこまれていたのだ。そこにたたえられた水は、どろりとした闇色をしていた。

「あれはお歯黒溝だ。女たちのお歯黒や……いろいろなものが流しこまれた溝だよ。まちがっても落ちるんじゃないよ」

久蔵に言われ、ふいに、「吉原は地獄」と言ったくらの言葉がよみがえった。弥助は思わずふところに手をあてた。

「りん。だいじょうぶかい？」

にゃあっと、かすかな声が答えてきた。

久蔵と落ちあう前に、くらにりんを連れてきてもらい、子猫のすがたとなってふところに入ってもらったのだ。

「そっか。もう少しだ。がまんしてくれよ」

ささやいたあと、弥助は改めて大門に向きあった。あのお歯黒溝を見たあとだと、なんだかこの門をくぐりたくなくなってしまった。だが、ここでひるむわけにはいかない。

気合いをこめて、弥助は大門をくぐった。

中は、店がぎっちりと立ちならんでいた。置いてある商品はみな〝女〟だった。座敷の中で、金襴をまとい、つんとすました花魁たちがいる。かと思えば、「よってって」と、黄色い声をはりあげる女郎たちもいる。あちこちにかけられた赤燈籠がなまめかしく、ただよう匂いまでがあまく、そしてすえている。

客は男ばかりだ。ごろつきや流れ者。育ちのよさそうな若旦那や、大店の主らしい町人。編み笠で顔を隠した武士のすがたもある。どの男も、ぎらついた目をしていた。

弥助はこわくなった。と、久蔵が肩に手を置いてきた。

「だいじょうぶかい？」

「うん……すごい、場所だね」

「ああ。これが吉原さ。で、おまえの会いたい人ってのは、どこのだれなんだい？　ちゃんと居場所、わかってんだろうね？」

弥助はうなずき、くらから教えられたとおりに答えた。

「松菊楼の紅月って人」

「松菊楼？　ああ、あそこか。前に一度、行ったことがある。そういや、紅月って女郎のことも小耳にはさんだことがあるね。なかなか気が荒い女で、気に入らない客にゃ、お世辞一言、言わないそうだよ」

こっちだと、久蔵は人ごみの中を歩きだした。

やがて、一軒の店の前にやってきた。そこそこの店がまえだ。

「ここが松菊楼だ。ちょいと待ってな。話をつけてくるから」

さっと、久蔵は店の中に入っていき、すぐにまたもどってきた。

「話がついたよ。おいで」

久蔵と共に、弥助は松菊楼の二階へとあがり、小さな座敷に通された。

「今日はおまえと紅月を会わせるだけだからね。座敷遊びといっても、安いものさ。なにか食いたいものがあるなら言いな。おごってやるよ」

久蔵はそう言って、自分は酒と肴を注文した。弥助はにぎりめしを頼んだ。

そのまま座布団に座って待っていると、やがて、「失礼します」と声がして、女が一人、お膳を持って入ってきた。

すっきりとやせた女だった。ぞろりと着物を着崩しているが、不思議とだらしなくはない。そこそこきれいな顔をしているが、つり目のせいできつい感じがする。

女はお膳を弥助たちの前に置くと、ていねいに三つ指をついて、頭をさげた。

「紅月でございます。お呼びいただき、ありがとうございます」

「へえ。松菊楼の紅月といったら、気性の荒い変わり者だと聞いてたけど、なんだい、なかなかかわいいじゃないか。姐さん、こっちにおいで。さっそくお酌でも頼むよ」

機嫌よく言う久蔵に、紅月が顔をあげ、にこやかにほほえんだ。

「まっぴらごめんだね。酒が飲みたきゃ、てめえで注ぎな」

目を丸くする久蔵と弥助の前で、紅月はがらりと態度を変えた。足を崩してそっくりかえり、目は余計につりあがる。

「ふん。名指しだっていうから、ちょいとおとなしくしてたんだけど。ああ、もうたくさんだ。いいかい、兄さん。おまいさんは、あたしがいっちばんきらいな男だよ。尻(しり)が軽くて、へらへらしてて。酒が飲みたきゃ自分で飲みな」

ぽんぽんと、小気味よく悪態(あくたい)をつく紅月(こうげつ)。たじたじとしながらも、久蔵(きゅうぞう)は言いかえした。

「姐(ねえ)さん、勘違(かんちが)いをしてないかい？　今日(きょう)の客はおれじゃないんだ。おれはただの付(つ)き添(そ)いでね。この小僧(こぞう)があんたに会いたいって言うから、ここまで連(つ)れてきてやったんだよ」

「そっちのぼうやが？」

じろりとにらむように目を向けられ、弥助(やすけ)はどぎまぎしてしまった。

紅月(こうげつ)の目は強かった。少しも絶望(ぜつぼう)に染(そ)まっていない、まっすぐな目だ。

きれいだと思いながら、弥助(やすけ)はもごもごと言った。

「三味線(しゃみせん)……姐(ねえ)さん、三味線(しゃみせん)持ってるんだろ？」

「そりゃ持ってるよ。親に売られて、八つのときから吉原(よしわら)にいるんだ。それなりに芸(げい)も仕(し)込(こ)まれているさ。なんだい？　聞きたいのかい？」

「うん」

ちょっとおどろいたように、紅月(こうげつ)は弥助(やすけ)を見つめた。その顔からとげとげしさが消えていく。

「ふうん。あたしの三味線目当てに来る客なんて、初めてだよ。……ちょっと待っといで」

紅月はいったん席をはずし、古びた三味線をかかえてもどってきた。

「これがあたしの相棒さ。見てのとおりのおんぼろだけど、いまでもいい音なんだよ。どれ、聞かせてやるよ」

紅月は三味線を弾きはじめた。仕込まれたと言うだけあって、かなりの腕前だ。

と、もぞもぞっと、弥助のふところでりんがはげしく動いた。

「あっ！　だ、だめだ！」

弥助は押さえようとしたが、りんはそれをはねのけた。

びゅっと、弥助のふところから子猫が飛びだしてきたものだから、酒を飲んでいた久蔵は「うわっ！」と、ひっくりかえった。だが、りんは止まらない。そのまま紅月の持っている三味線へと飛びついたのだ。

さすがの紅月もおどろき、三味線を畳に落として、あとずさった。

「な、なに？　子猫？」

だが、りんは紅月には見向きもしなかった。三味線にへばりつき、「なおーん、なおーん」と、鳴きかける。その声には必死な響きがあった。

弥助には、りんがなんと言っているか、わかる気がした。

母ちゃん。母ちゃん。やっと会えた。母ちゃん。

胸を打つような子猫の鳴き声に、弥助は涙がこぼれそうになった。

と、久蔵がよろよろと立ちあがった。酒をこぼしたのか、股のあたりが濡れている。

「おまえ、そんなの連れてきてたのかい。あきれたねぇ」

「ごめん……」

「いや、別に怒っちゃいないけど……。ああ、くそ。とんでもないとこが濡れちまった。ちょいと下に行って、かわりの着物を借りてくる」

久蔵はそそくさと座敷を出ていった。

そのあとのことだ。紅月がそっとかがみこんで、りんに手をのばした。とたん、りんは全身の毛を逆立てて、牙をむきだしにした。

「りん！」

弥助はあわててしかったが、りんは弥助にもつばを吐いてきた。

紅月がかすれた声でつぶやいた。

「この子猫、いったい……あたしの三味線のどこが、そんな気に入ったっていうんだい？　それにこの声……なんだい。まるで親猫を呼んでるみたいじゃないか」

隠しとおせない。

観念した弥助は、思いきって打ちあけることにした。

「その猫、りんっていうんだ。で、その三味線は、りんのおっかさんの皮でできてるんだ。姐さんの言うとおりだよ。りんはおっかさんの形見に一目会いたくて、それでおれがここに連れてきたんだ」

「下手なうそを言うんじゃないよ」

紅月はぴしゃりと言った。

「この三味線は古いんだ。あたしの姉貴分のだったんだから。その子猫、産まれて二月かそこらくらいだろ？　この三味線に使われた猫の子なんて、ありえないじゃないか」

「でも、ほんとなんだ！」

ぎっと、弥助と紅月はにらみあった。

先に折れたのは紅月のほうだった。その顔つきが急に弱々しいものとなる。

「それじゃ……ほんとにおっかさんだと思ってるのかい？　こんな三味線を？」

「……りんにとっちゃ、これがおっかさんなんだよ。おっかさんを思いださせてくれる、ただ一つの形見なんだよ。りんは……おっかさんのことが大好きだったんだ」

「おっかさんのことが大好き、か……」

一瞬泣きそうな顔をしたあと、紅月はふたたびりんに手をのばした。りんは怒ってひっかいたが、紅月はかまわずにりんを捕まえ、そのままそっと抱きしめた。

「そっか。おっかさんに会いたかったんだね。さびしかったんだね」

やさしいやさしい声だった。

紅月になだめられ、りんは少しずつ鎮まっていった。

りんを抱いたまま、紅月は弥助に向きなおった。

「ねえ、この子、あたしんとこに置いてってくれないかい？」

「えっ！」

「せっかくおっかさんの形見に会えたのに、また引きはなしたりしちゃ、かわいそうだ。だから、あたしがこの子を引きとるよ。もちろん、ちゃんと面倒はみるからさ」

弥助はりんを見た。おどろいたことに、りんは目をかがやかせていた。もうすっかりその気のようだ。本気かよと、弥助は心の中でさけんだ。

「だけど、りんは……ちょっと、その、わけありの子猫でさ……それであの……」

「わけあり？　おおいにけっこうだね。こっちもわけあり女郎さ。わけありとわけありがいっしょなら、もう無敵だよ」

かかかと、紅月は豪快に笑ってみせた。その笑顔の中に、弥助はしたたかな光を見た。強い光だ。生きている人間の強さだ。紅月のまっすぐな魂が、りんを守ってくれるだろう。そして、りんのほうもきっと、紅月を守ろうとするにちがいない。

ついに弥助はうなずいた。

「わかった。りんと姐さんがそれでいいなら……りんのこと、よろしく頼みます」

そうして弥助はりんを残し、太鼓長屋へともどったのだ。

待っていたくらにすべてを話したあと、弥助はおずおずと言った。

「これでよかったと思うかい？」

「ああ。よかったと思う」

くらはうなずいた。

「りんはさぁ、ずっとさびしがっていたんだ。おいらもずいぶんなぐさめたんだけど、心を癒してはやれなかった。……でも、これからはずっとおっかさんといっしょだ。それに、その紅月って人のとこでなら、りんも幸せに生きていけるさ。……ありがとな、弥助」

そう言って、くらは深々と頭をさげたのだった。

吉原の松菊楼という店に、変わり者の女がいた。口が悪く、あいそが悪く、飼っている一匹の三毛猫だけが友だったという。

そんな変わり者に飼われているせいか、その猫もたいそう変わっていた。女が三味線を弾くと、うれしげに鳴きはじめるのだ。

まるで三味線に合わせて歌っているように聞こえるものだから、「猫のお囃子」と評判になり、客がどっと来るようになった。

そして半年後、三味線と例の猫だけを連れて、女は吉原から出ていった。小間物問屋の旦那に惚れこまれ、女房になることが決まったのだ。

4　弥助と久蔵

「助けてくれ！」

久蔵が助けを求めてきたのは、りんの件から五日ほどたった日のことだった。

目をぱちくりさせている弥助と千弥の前で、久蔵は頭をかきむしった。

「親戚の家に行かなきゃならなくなった。弥助、おまえ、いっしょについてきとくれ」

「なんでおれが、久蔵の親戚の家になんか行かなきゃいけないのさ？」

「そうですよ、久蔵さん。てんで話が見えませんよ」

「説明してるひまはないんだよ、千さん。とにかく、夕暮れまでにはかならず帰すからさ。弥助、この前、吉原に連れてってやったろ？　借りを返すんならいましかないよ」

結局、理由のわからぬまま、弥助は久蔵に連れだされた。

まず連れていかれたのは、髪結いの家だった。

そこで、弥助のぼうぼうだった頭は、小僧らしくととのえられた。次いで、こざっぱりとした藍縞の着物と前掛けを着せられた。

久蔵は満足げにうなずいた。

「うんうん。上出来だ」

そう言う久蔵自身も、すでに着替えていた。いつもよりも仕立ての良いものを身につけ、その上に羽織も重ねるという、よそいきすがたになっている。

髪結いの家を出ると、久蔵は大きめの風呂敷包みを弥助に渡してきた。

「この菓子折を持って、あとからついといで。落とすんじゃないよ」

「……なあ、なにがどうなってんだよ？」

「これから一芝居打ちに行くんだよ。おまえは、うちに奉公に来てる小僧役。だから、今日はおれのことを若旦那って呼びなさい」

「うげっ！」

「芝居だって言ってるだろ？　それとも、その歳で吉原に行って、鼻の下のばしてきたって、言いふらされたいかい？」

「……わかったよ、若旦那」

「けっこう。それと、おれに話しかけるときは、ていねいに言うんだよ」

「わかりましたよ、若旦那！」

やけくそで弥助は答えた。

もう二度と、なにがあろうと、久蔵に借りなんぞ作るもんか！

久蔵が歩きだした。その二歩うしろを、弥助はとぼとぼついていく。

途中、がまんできなくて、弥助は口を開いた。

「きゅ……わ、若旦那。どうして、おれを連れてくんですか？　親戚の家に行くだけなんでしょ？　実家の奉公人を連れていけばいいじゃない、ですか？」

「……そうはいかないんだよ」

冴えない顔のまま、久蔵はため息をついた。

「これから行く家には、息子が一人いる。おれにとっちゃ、はとこにあたるやつだ。遊びと悪さの区別もつかない、ろくでもないやつさ。こいつがどういうわけか、昔からおれにはりあってくるんだよ。同い年のせいかもしれないけど、おれのものをなんでもほしがるんだ」

小さいころは、ずいぶんおもちゃや菓子を取られたと、久蔵は話した。

「こいつの母親がこれまたひどくてね。息子のわがままや悪さをいいよいいよと許すもんだから、息子はどんどん悪くなる一方でさ。おれもなるたけ相手にしないようにしてたんだけど。……だけど、あの野郎、とんでもないことしてくれたのさ」

久蔵の目に怒りがひらめいた。

「あるとき、噂が耳に入ったのさ。あのろくでなしが、よくない病気にかかってるって。どうも遊びすぎのせいらしい。だけど、おとなしくするどころか、あの野郎め、あちこちの女のところに余計に出入りするようになったというじゃないか」

気になった久蔵は、はとこに会いに行った。そうして問いつめたところ、はとこはとんでもないことをうそぶいたのだ。

「自分が元気になるために、女に病気を移してるんだって、あいつは言ったんだよ。こういう病気は、女に移せば治ると聞いたって。だから、たくさんの女に移してやるんだと」

「……最低だ」

「ああ、ほんとにね。あんまり腹が立ったんで、思わず頭をなぐりつけて、思いきり蹴飛ばしてやったよ。二度と、女たちに近づくなって、どなりつけてやったさ」

「へえ。かっこいいとこ、あるじゃないですか。で、どうなったんですか？」

「どうもこうも。大事な一人息子にけがさせたって、母親がうちにどなりこんできたよ。おれの首、引き抜いてやるって、言ってたらしい。でも、そうこうするうちに、ばか息子の野郎、病が進んで、ほんとに足腰が立たなくなっちまってね。一時は、医者からも見放されたそうだ。やつの母親は取り乱して、今度は神だの仏だのに入れこんだ」

その願いが通じたのか、どら息子は命をとりとめたという。そして、以前のことをわびたいから、ぜひとも久蔵に家に来てほしいと、最近になってやたら使いをよこすようになったのだ。

「いつもなら無視するところだけど、今回ばかりはそうもいかないんだよ。おれが見舞いに行かなかったら、親父のやつ、勝手に見合い話を進めるって言うんだ」

「へ？」

「見合いだよ、見合い！　結婚させて、おれに分別を持たせるってんだよ。それだけはかんべんだ。おれはまだまだ落ちつくつもりはないんだからねぇ」

「だから、見舞いに行くことにしたって？」

「背に腹は代えられないからね。行くと決めたからにゃ行くけど、だらだら長居する気はない。で、ここからが肝心だ。おまえ、おれが合図したら、腹痛起こしとくれ」

「へ？」

「芝居だよ。腹でも押さえて、のたうっとくれ。はやり病かもしれないとおれが言えば、あの鬼婆、よろこんでおれたちを家から追いだしにかかるに決まってるからね」

なるほど。こういう悪知恵は本当によく働く男だと、弥助は感心した。

「だから、おれを小僧に仕立てあげたんだね、じゃなくて、ですね？」

「そういうことさ。うちの小僧を連れてったら、絶対あとでうちの親にしゃべるだろうからね。その点、おまえなら安心だもの。どうだい？　わかったかい？」

「うん」

弥助は大まじめに答えた。

「下手すると、どこかのおじょうさんが久蔵の嫁さんになっちまうかもしれないってことだろ？　そんなの、かわいそうだもの。だから、おれ、ちゃんとやるよ」

「……いちいち引っかかる言い方だが、まあ、いい。とにかく、よろしく頼んだよ」

弥助と久蔵はうなずきあった。


その家は、のどかな田園にあった。

しゃれた造りの一軒家で、どら息子の病気を治すために、わざわざ借りているらしい。

大きく息を吸ったあと、久蔵は家の敷居をまたいだ。

「ごめんください。久蔵です。おいくさん、いますか？」

すぐに奥から女が出てきた。金持ちそうな身なりをしており、歳は四十そこそこ。昔はかなりの美人だったにちがいないが、どうも目つきがよくなかった。笑ってはいるが、人を人とも思わぬような傲慢さが、ちらちらとすけて見える感じがした。

「まあまあ、よく来てくれましたねえ、久蔵（きゅうぞう）さん」

「どうも、おいくさん。いつぞやは大変（たいへん）な騒（さわ）ぎを……」

「んもう！　いいのよ、そんなことは。ほらほら、あがってあがって」

「いえ、おれはここで失礼（しつれい）しますよ。太一郎（たいちろう）は病みあがりなんでしょ？　おれの顔を見て、ひっくりかえったりでもしたら気（き）の毒（どく）だ」

「だめだめ。そんなこと言わないで。ね？　久蔵（きゅうぞう）さんに会いたがってるのは、太一郎（たいちろう）なんだから。あの子を元気づけると思って、お願（ねが）いだからあがっていってちょうだい。ね？」

あまったるく言いながら、おいくは久蔵（きゅうぞう）の袖（そで）をぎゅっとつかんだ。久蔵（きゅうぞう）は息をついた。

「それじゃ、おじゃましますけど、迷惑（めいわく）にならないとこで帰ります」

「迷惑（めいわく）だなんて、とんでもないわ！　さあ、あがって！……あら、この子は？」

初（はじ）めておいくは弥助（やすけ）を見た。そこらの石ころでもながめるような目だった。

「こいつはうちの奉公人（ほうこうにん）です。名前は……」

「どうでもいいわ。そんなことより、早く太一郎（たいちろう）のところにね。ふふふ」

笑（わら）いながら、おいくは子どものように久蔵（きゅうぞう）の袖（そで）を引っぱる。

久蔵（きゅうぞう）の目に怒（いか）りがうかぶのを、弥助（やすけ）は見た。

正直、弥助だっていい気持ちはしなかった。だが、ここで久蔵を見捨てては、さすがに気の毒だ。りんのことで世話になったことだし、やはり借りは返しておきたい。

弥助は、久蔵とおいくのあとについていった。

通されたのは、奥の一間だった。りっぱな座敷だが、障子もふすまも閉めきっていて、空気がこごっている。

そんな部屋の奥に、久蔵のはとこ、太一郎がいた。分厚いふとんの中に横たわり、顔だけこちらに向けている。おいくとはあまり似ておらず、どちらかというと骨太で、男っぽい顔だ。が、病みあがりのせいか、妙に色が白く、うつろな目をしている。

おいくは息子のかたわらに座り、愛しげにその頬に触れた。

「ほら、太一郎。久蔵さんが来てくれましたよ」

「うあ、はああ……」

赤ん坊のような声が、太一郎の半開きの口からこぼれた。

「そうよ。久蔵さん。思いだした？　小さなころからずっといっしょだったでしょう？」

「ああ、うくぅ……」

「うんうん。久蔵さんからはいろいろもらったでしょう？　もらった竹とんぼ、ずいぶん気に入っていたのよねえ。覚えている？」

しきりに話しかけたあと、おいくは久蔵たちのほうをふりかえった。

「ごめんなさいね。大病したせいで、太一郎はちょっと記憶があいまいになってしまってねえ。記憶を取りもどすには、こうしていろいろ話しかけてあげるといいんですって。できるだけ知りあいにも会うといいだろうって、お医者さまがおっしゃっているの」

「……太一郎が会いたがってるって、そういう意味ですか」

「なにか問題あるかしら？」

にっと笑ったあと、おいくはまた息子に向きなおった。

「五つくらいの時だったかしらねえ。久蔵さんが拾ってきた犬がほしいって、ずいぶんねだって。でも、うちに連れてきたら、その犬、太一郎を嚙んだのよ。飼い犬に手を嚙まれるって、あのことね。すぐに下男に言って、始末してもらったのよ」

「おおかた、太一郎が犬をいじめたからでしょうよ……あの犬の一件があって、おれは生き物を飼うのをあきらめたんだ」

おいくに聞こえぬような声で、久蔵はつぶやいた。

「それから、お正月。久蔵さんにおろしたてのよそいきをよごされたこともあったわねえ。

久蔵さんに水たまりに転ばされたって、あなた、わんわん泣いて帰ってきて、もう大騒ぎになったわねえ」

「近所の女の子に泥をぶつけたからだよ。かわいそうに、その子、おっかさんが縫ってくれた着物をだいなしにされたんだ」

またも久蔵はほとんど聞こえないほどの声で言った。

おいくはどんどん昔話をつづけていく。このままきりなく話すつもりのようだ。

弥助は顔がひくついた。話を聞けば聞くほど、この親子がきらいになっていく。

もう限界だと、弥助は腹を押さえて、こてんと畳に倒れた。

「いたたたっ！　いたたたぁ！」

「弥助！　どうしたんだい！　しっかりおし！」

芝居がかった久蔵の声に、弥助は吹きだしそうになってしまった。それをこらえるため、必死で顔を伏せ、さらにぎゅうっと体を丸めた。

おいくの声が聞こえた。

「なんなの！　何事です！」

「すみません、おいくさん。うちの小僧、数日前から腹の調子がよくなくて。薬を飲ませたんだけど、どうも効いていないようだ。……もしかしたら、はやり病かもしれない」

「はやり病ですって！　冗談じゃないですよ！　そんな人間を、うちに連れこむなんて！　もういい！　帰ってください！　その子どもを連れて、さっさと帰って！」

「はいはい」

　久蔵が弥助を抱きあげた。弥助はそのときだけ、そっと薄目を開けた。

　おいくが見えた。こちらをにらみつけ、太一郎を守るように抱きしめている。そのせいでふとんがめくれ、太一郎の腕がむきだしになっていた。

　弥助はぎょっとした。太一郎の白い手首には、ぐるりと巻きつくように、奇妙な紋様が描かれていたのだ。うねうねと、のたくっている蛇のような、気味の悪い紋様だ。

　だが、それ以上は見ることができなかった。久蔵に運ばれ、部屋の外に出されてしまったからだ。

　家の外に出ると、久蔵は弥助をおろして、「もういいよ」と言った。弥助は自分の足で立ちながら、もそもそあやまった。

「ごめん。おれ、合図待てなかった。あれ以上、あそこにいたくなくて」

「あやまるこたぁないよ。ちょうどおれも、合図を出そうとしてたとこだったしね。おまえのおかげで助かったよ。お礼に、今日はなんでも好きなもの、おごってやるよ」

「ほんとかい？　それじゃ草餅！　おれ、草餅、どっさり食いたい！」

「そんじゃ、おれがいつも行ってる茶店に行こう。ちょいと遠いが、そこの草餅ときたら、老舗の菓子屋に負けないくらいおいしいんだから」

弥助の頭はたちまちおいしい草餅のことでいっぱいになった。

そうして弥助は、あっけなく太一郎の手首にあった紋様のことを忘れてしまったのだ。


久蔵たちが出ていったあと、目をぎらつかせながら、おいくは腕の中の息子にささやきかけた。

「ねえ、思いだした、太一郎？　あれが久蔵よ。昔から、あなたをいじめてばかりいた憎らしいやつよ。憎いでしょう？　恨めしいでしょう？」

「うああ、ああ……」

「本当にひどい男よ。あなたをなぐって、病を重くさせた上、あちこちにあらぬ噂をふりまいてねえ。おかげで、親戚どもからさんざんひどいことを言われたわ。……ねえ、太一郎。早く元気になりなさい。──さまもおっしゃっていたでしょう？　元通りになるには、怒りや恨みを思いだすのが一番いいんだって」

「く、くう、じょ……く、くぅ……」

「そう。久蔵よ。あいつに恨みを晴らすためにも、早く元気にならなくちゃねえ。……ねえ、太一郎。そうなったらね、久蔵が持っているものを、ぜんぶ奪ってやりなさい。だいじょうぶ。今度はおっかさんが手を貸してあげるから」

「おあ、さ……おは……ん」

「ええ、ええ。おっかさんはここにいますよ。どこにも行きはしませんとも。ああ、太一郎。あたしのかわいいかわいい太一郎」

うつろな目をしている息子に、おいくは愛しそうに頬ずりした。

5　蛇の姫

「早う恋をなさいませ」

これが初音の乳母の口癖だった。

「いまの童すがたの姫さまも、大変愛らしゅうございますが、乙女となられたらどんなに美しいことか。そのためにも、一日も早う、すてきな殿方と恋をなさいませ」

あやかしの中でも、華蛇族は変わった性質を持つ。ある程度まで育つと、成長がぴたりと止まってしまうのだ。そして、だれかに恋をしたとき、そのすがたは大人へと変わる。

逆を言えば、恋をしないかぎり、子どものすがたのままでいるということだ。現に、初音の大叔父の玄信は、齢五百にして、八歳くらいの見た目でしかない。

大叔父のことは大好きだが、ああはなりたくないと、初音は思っていた。やはり、恋をしてこその華蛇族なのだ。

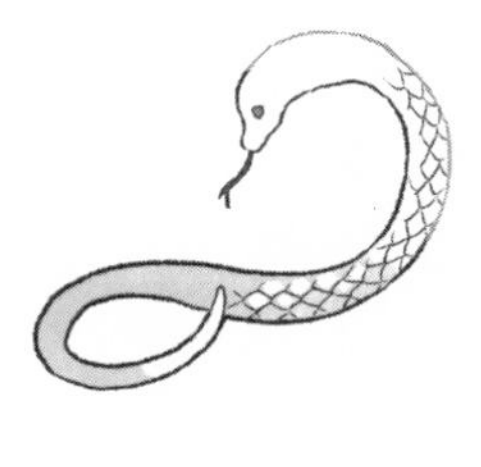

恋がしたい。すてきな殿方と、身も心もとろけるような恋をし、母上さまや従姉の姉さまたちのような美しい大人のすがたとなりたい。

それなのに、みなが紹介してくる殿方たちは初音の好みにあわない方々ばかりなのだ。

これでどうして恋などできようか。

もううんざりだと、初音は思った。

「いいかげん、口うるさく言うのはやめてちょうだいな、ばあや」

「なにをおっしゃいますか。それもこれも、すべて姫さまのためでございますのに」

「……それじゃ、今度こそわたくしが恋できるようなお方を連れてきて。もうたくさんの人の中から選ぶのはいや。まるでばらまかれたお菓子を、拾いあつめている気分になるわ。わたくしがお会いしたいのは、これぞという方よ。その方が一人いれば、それで十分」

「……では、どんな殿方がようございますか?」

「そうね。どうせなら、うんときれいな人がいいわ。毎日見ていても見あきないような」

「では、月夜公のような?」

「あの方はいや。まとう空気がかみそりのようにするどいのだもの。あの方のそばにいたら、毎日心が削がれてしまいそう。あれくらいきれいで、もっとちがう人がいいわ」

「むむ。むずかしいことをおっしゃいますこと」

うなる乳母に、初音は愛らしく首をかしげてみせた。

「あら。恋をしろと言ったのは、ばあやたちよ？　うるさく言っておいて、わたくしの望みもかなえてくれないなんて、そんなひどいことしないわよね？」

「わ、わかっております。姫さまが望むお人を、かならずや探しだしてみせましょう！」

乳母は力をこめて約束した。


数日後、遊びに来た友に、初音はこのことを話した。

「なるほどのぅ。さすが恋に生きる華蛇よと、言われることはあるのぅ」

愉快げに笑うのは、妖猫の姫君。あでやかな深紅の着物に、雪白の髪がなんとも映える美少女だ。初音とはちがい、この姫君は自分の意思で、自らのすがたを十歳ほどに保っている。それだけの力を持つ大妖なのだ。

本当に美しい姫だと思いながら、初音はたずねた。

「王蜜の君。あなたは恋をしないの？」

「惚れたはれたに興味はないのぅ。男子よりも、魂集めのほうがおもしろい」

「もったいない。あなたはそんなにも美しいのに。……ねえ、王蜜(おうみつ)の君(きみ)、どなたかすてきな方を知らない？　美しい方。そう。あなたくらい美しい殿方(とのがた)なら、わたくしも恋(こい)することができると思うの」

「やれやれ。見た目で相手を選(えら)ぼうとするところが、そなた、まだまだ子どもじゃのぅ」

金の目を細めながら笑(わら)ったあと、王蜜(おうみつ)の君(きみ)はふと真顔になった。

「種族(しゅぞく)もかまわぬというのであれば、一人、知っておる」

「え？」

「そなたの言う美しい男子(おのこ)じゃ。冴(さ)え冴(ざ)えとした白銀色の魂(たましい)の持ち主で、あらゆるものを近づけぬ冬山のように気高かった。まあ、それは昔の話であって、いまは少々変(か)わってしまったかもしれぬ。それでも会うてみたいかえ？」

「会ってみたいわ！」

初音(はつね)の胸(むね)はひさしぶりに高ぶった。この猫(ねこ)の姫君(ひめぎみ)がここまでほめる男とやらに、ぜひとも会ってみたい。もしかしたら、今度こそ恋(こい)ができるかもしれない。

「その方はどこにいらっしゃるの？　教えて、王蜜(おうみつ)の君(きみ)。お願(ねが)い！」

「わかったわかった。かわいいそなたのためじゃもの。わらわも力を貸(か)してしんぜよう」

王蜜の君はゆったりとうなずいてみせた。

とんとん。とんとん。

戸を叩く音に、弥助は目を覚ました。

「ふへえい」

目をこすりながら戸を開けた瞬間、眠気がふっ飛んだ。

戸の向こうにいたのは、八歳くらいの少女だった。薄紅色の衣をまとい、絹のような髪を異国風に結いあげ、真珠と金の髪飾りをたくさん挿している。

白くなめらかな肌に、ほんのりと匂いたつような頬、ゆすらうめのような朱の唇。目は涼しく、どことなく青みをおびている。

桜の精が現れたのかと、弥助は思ってしまった。

だが、その桜の精は弥助を見るなり、眉をひそめたのだ。

「あなたが白嵐さま?」

「え?　あ?　ち、ちがうよ。おれは弥助」

「よかった!　そうよね。そんなはず、あるわけないのに。わたくしときたら、びっくりしてしまって。いやだわ」

安心したように、ころころと笑う少女。とてもかわいらしいが、なぜか弥助はむかっとした。なんだろう。いま、ばかにされたような気がする。

だが、弥助の気持ちなどおかまいなしで、少女は話しかけてきた。

「わたくしは華蛇の初音姫。白嵐さまに会いに来たの。いらっしゃる？」

そう言いながら、初音と名乗った少女は滑るように家の中に入ってきた。家を見まわし、おどろいたような声をあげた。

「ずいぶんと狭くてきたないのね。こんなところに住めるなんて、信じられないわ」

もはや怒る気にもならず、弥助はため息をついた。どうやら、この少女は良いところのおじょうさま妖怪で、てんで世間知らずらしい。

「なあ。あんたみたいなのが、なんだってここに来たりしたんだい？　きっと家来とか乳母とか、たくさんいるんだろ？　子預かり屋に来る必要なんか、ないだろうに」

「子預かり屋？　ちがうわ。わたくしは白嵐さまに会いに来ただけよ」

「だから、白嵐さまなんかいないって……あっ！」

弥助はようやく思いだした。たしか白嵐とは、千弥のかつての名ではなかっただろうか。

「あのさ、それって千にい……千弥のことかい？」

「千弥？　わたくしは白嵐さまとしか聞いていないわ。すごくおきれいな大妖で、いまは人の世界で暮らしていらっしゃるって」

「うん。やっぱり千にいのことだよ。いまは千弥って名前で、ここで暮らしてるんだ」

「あら。では、やっぱりまちがいではなかったのね。よかった。それで、白嵐さまは？」

「千にいなら、ちょっと出かけてる。……久蔵っていうばか野郎に連れだされたんだ。今夜は遅くなるかもしれないって言ってた」

ぷくっと、初音のきれいな頰がふくれた。

「せっかく来たのに、会えないで帰るなんて、いやだわ。……いいわ。わたくし、このまま待たせてもらうから。白嵐さまに会うまでは、絶対に帰らない。あなた、弥助とか言ったわね。白嵐さまがお帰りになるまで、わたくしの相手をしなさい」

「なんでそうなるんだよ！」

「だって、こんなところでは、なんの遊びもできないわ。でも、あなたが相手をしてくれれば、少しは退屈しのぎになる。もちろんことわらないでしょうね？　人間のくせに、華蛇の姫の願いをことわれるはずないわよね？」

初音の愛らしい顔に、ぞくりとするようなすごみが宿った。青みをおびた目が光りだしたものだから、弥助はあわてて降参した。

「わ、わかったよ。千にいが帰ってくるまで、つきあうからさ」

「それでいいわ。いい子ね、弥助。さ、こっちに来て、白嵐さまのことを話してちょうだい。いったい、どんな方？　王蜜の君の言うとおり、きれいな方かしら？」

「うん。千にいほどきれいな人はいないよ。おれの中では一番だ」

「肌は白い？　髪はどのくらいの長さ？　艶があって、やわらかいかしら？」

目をかがやかせて、初音は次から次へとたずねてきた。その一つ一つに、弥助は答えていった。大好きな千弥のこととなれば、自然と言葉は豊かに、声にも力が入っていく。

聞きたかったことをあらかた聞いたあと、初音は満足そうにほほえんだ。

「白嵐さまって、期待以上のお方のようね。ああ、早くお会いしたい！」

うっとりと、頬を染める初音。弥助はふと気になった。

「あのさ、千にいに会って、どうするつもりだい？」

「もちろん、わたくしが恋するにふさわしいお方かどうかを見定めるのよ」

「恋ぃぃ？」

すっとんきょうな声をあげる弥助に、初音はうなずいた。

「ええ。わたくし、恋をしたいの。恋をしないと、大人になれないから。……もし、白嵐さまが本当にすてきな方だったら、婿になっていただくつもりよ」

「千にいを！　婿に！」

「そうよ。華蛇の姫の婿になれるのだもの。これは文句のつけようのない結婚話よ」

ところが、文句大ありの者がここにいた。弥助は頭に来て、どなった。

「ちょっと待てよ！　いきなり千にいを婿にするなんて、勝手すぎるだろ？」

「あら、まだ婿にするって決めたわけじゃないわ。わたくしが気に入らなければ、もちろん、この話はなしだもの」

その言い方が弥助の怒りをますますあおった。

「なんなんだよ！　どこの姫だか知らないけど、勝手なことばかり言いやがって！　千にいがおまえなんか好きになるわけない！　結婚なんて、絶対にことわるに決まってる！」

「無礼者！　人間のくせしてわたくしにそんなひどいこと、よくも言えたものね！」

「うるさい！　おまえなんか帰れ！　とっとと帰れよ！」

弥助は初音を戸口に押しやろうとした。とたん、手に痛みが走った。初音のかわいらしい爪にひっかかれたのだ。血が流れだし、弥助はあわてて傷口を押さえこんだ。

初音の目はいまやらんらんと光っていた。

「よくもわたくしに……この華蛇の初音姫に乱暴しようとしたわね。おまえの首をねじきって、館に持って帰ろうかしら。わたくしの庭の牡丹に、おまえの血を吸わせてやってもいいわ。きっと、とてもきれいな緋色の牡丹が咲くはずよ」

ぬるりと、初音の手が弥助のほうにのびてきた。

殺される！

腹の底から恐怖を感じたときだ。戸が破れるような勢いで開き、千弥が飛びこんできた。

千弥は初音を突きとばし、弥助に駆けよった。

「弥助！　だいじょうぶかい？　血の匂いが……ああ、だいじょうぶなのかい？」

「だいじょうぶ。ちょっとひっかかれただけだよ」

「すぐに手当てをしよう。薬があったはずだね？」

ばたばたと、千弥はあわただしく動きだした。その彼を、初音は床に膝をついたまま、まばたきもせずに見つめていた。

さいしょ、初音はかんかんに怒っていた。人間の子どもに無礼なことを言われ、さらにうしろから突きとばされた。こんなひどい目にあうのは初めてだ。

だが、千弥を見たとたん、怒りも痛みもどこかへ飛びさってしまった。

美しい。王蜜の君や弥助が話してくれた以上の美しさだ。これまでに出会ったどんな殿方にもない、独特の気をまとっている。心配そうに弥助を見おろすその横顔は、ぞくぞくするほどだ。

が、千弥は弥助の手当てにいそがしく、初音のほうを見ようともしない。

無視されることに、初音は慣れていなかった。だから立ちあがり、呼びかけたのだ。

「白嵐さま」

ようやく千弥がふりかえってきたので、初音はどきどきしながらもあいさつをした。

「はじめてお目にかかります。華蛇の姫、初音と申します。あの、わたくし……」

「……華蛇の姫が、なんの用だ？」

千弥の声は氷よりも冷たかった。だが、初音はめげず、笑顔を作った。

「いきなりお訪ねして、ごめんなさい。わたくし、白嵐さまのことを聞いて、どうしても会いたくなってしまって……お会いして、わかりました。あなたこそ、わたくしの夫となられる方です」

「……」

「どうぞ、わたくしと共に館に来てくださいな。わたくし、きっとすぐにあなたに恋をします。恋さえすれば、わたくし、あなたに釣りあう年ごろになれますから。わたくしたち、それは美しい夫婦になれると思います。あ、その前に髪はのばしてくださいね。きっとすてきでしょうから」

「……」

「どうしてだまっていらっしゃるの？　もしかして、力のことを気にしてらっしゃるの？あなたが妖力のすべてを失っているというのは聞いています。でも、だいじょうぶです。わたくしの夫になれば、それ相応の力も授けられます。だから、気になさることはないのです。あなたはちゃんと、わたくしにふさわしい方になれますから」

「……言いたいことはそれだけかい？」

「えっ？」

きょとんとする初音を、千弥はふっと笑った。すごみのある笑みだった。

「やれやれ。鼻持ちならない小娘のたわごとを聞くのが、こんなにも苦痛なものだとは思わなかったよ。恋？　夫婦？　知ったことじゃないね。おまえごときがわたしを射止めようとするなど……ばかばかしいにもほどがある」

「え？　あの？　なにを言っておられるのですか？」

言われている意味がわからず、初音はおろおろした。本当にわからなかったのだ。

千弥のおそろしい笑いが深くなった。

「まだわからないとは、どこまでもおろかな子だ。わたしは目が見えない。だから、おまえがどんなに美しい顔をしてようと、興味はない。おまえはただの招かれざる客で、なによりわたしの大事な弥助にけがまでさせた。……はらわたが煮えくりかえるが、生かして帰してやろう。かつて、華蛇の長には助けられたことがある。そのよしみだ」

「………」

「殺されないだけましと思うがいい。とっととお帰り、おろかな小娘」

初音は真っ青になって、あとずさりをした。やがて、ぷるぷるとふるえだした。

「ちがう。白嵐さまはそんな……そんな冷たいことを言うような方ではないはずです。こんなの、白嵐さまらしくありません」

「あいにく、これもまたわたしの性だよ。どうでもいい相手にまでやさしくしてやるような、そんな良い性格ではないものでね」

「でも、そんなの、あなたにふさわしくない」

「いいかげんにしないか！」

千弥は一喝した。

「ふさわしいだの、ふさわしくないだの、いちいち不愉快だね！　無礼にもほどがある。おまえはやたら恋だなんだとほざくが、少しもわたしのことを考えていないじゃないか。考えているのは自分のことばかり。その薄っぺらな恋心とやらには吐き気がする」

「そんな、ひどい……」

「だれかを愛しく思うなら、まずは自分がその相手のために変わるべきだろう。少なくともわたしはそうしたよ。かけがえのないものを手に入れるために、自分を変えた。いまでも、大事な相手をどうやったらもっと幸せにできるだろうと、日々考えに考えている」

「………」

「それが愛するということだ。おまえにそれができるかい？　いいや。できないだろうね。おまえは恋に恋しているだけだもの。では、わたしはおまえのために変われようか？　いや。おまえごときにそんな価値はない。おまえのために変わってやる気など、これっぽっちもない。帰れ！　とっとと消え失せろ！」

うわあぁっと、ものすごい声をあげて、初音は逃げていった。きっと自分の館にもどって、目が溶けるほど泣きじゃくるのだろう。

そのすがたが目にうかび、弥助は思わず言った。

「いくらなんでも……いまの言い方は冷たすぎたんじゃない？……あんなかわいい子にあんなひどいこと言えるなんて、千にいくらいだと思う」

千弥はむっとしたような顔になった。

「それを言うなら、弥助、おまえはどうなんだい？」

「おれ？」

「そうだよ。姫はかわいかったんだろう？　かわいいから、恋をしたかい？」

「えぇっと……すっごくきれいでかわいかったけど……好きになれなかった」

「わたしも同じさ。あの娘には中身がない。ましてや、弥助を傷つけた。これでどうして好きになどなれようか。ああ、本当にいまいましいよ。華蛇の長に借りさえなければ、あの娘、引き裂いてやったものを」

「おやおや。それでは、長に感謝せねばなるまいね」

艶めいた声が響いたかと思うと、ふいに二人の前に十歳くらいの少女が現れた。

すばらしい深紅の衣をまとい、純白の髪をなびかせた少女だ。華やかな美貌の持ち主で、金の両目がことのほか美しい。見た目はおさないのに、牡丹のようなあでやかさと気品、そして強さがある。

　この少女にくらべれば、あの初音なんてただの小娘だと、弥助はただただ見惚れた。

だが、千弥はちがった。苦虫を噛みつぶしたようなしぶい顔となったのだ。

「この性悪猫め。おまえの差し金だったのか」

「そういうことじゃ、白嵐。まあまあ、そう怒るでない。そなたの大事な養い子が手傷を負うたことは、このとおり、わびるから。すまぬな、弥助。初音があんなことをするとは、まったく思わなんだ」

　そうあやまりながら、少女は弥助の傷ついた手をとり、軽く口付けした。

　とたん、弥助は痛みが消えるのを感じた。押さえていた布をとってみれば、もはや傷などどこにも見当たらない。

「あ、ありがと」

「いやいや、礼などいらぬ。わらわのせいとも言えるからの。しかし、白嵐。人間になるとは、不便よのぅ。以前のそなたであれば、それくらいの傷は一瞬で治せたであろうに」

「そうだね。力を失ってなにがつらいと言って、弥助の病気や傷をすぐに治してやれないのがつらいね」

大まじめで答えたあと、千弥はきびしい顔つきとなった。

「そんなことより、まだわけを聞いてないよ。あんな小娘をたきつけて、ここに来させるなんて。なんだってこんなことしたんだい？」

「あの子の目を覚ましたかったのじゃ」

静かな口調で、少女は答えた。

「華蛇一族は、外見にばかり目が行きすぎて、不幸な夫婦ができあがることも多い。わらわは初音が気に入っておるからの。そういう結婚だけはやめてほしかったのじゃ。じゃが、これはいくら口で言っても、わかってもらえぬ。そこで、そなたのことを思いだしたのよ」

結果は思った以上であったと、少女はにやりと笑った。

「さすがじゃ。まさかあそこまでやりこめるとは。ようやってくれたものよ。これで初音姫も少しは懲りたであろうよ。もしやすると、今後は美男ぎらいになるやもしれぬ。まあ、それもよいわえ。良薬口に苦しというものじゃ。いや、この場合は、毒をもって毒を制すというやつか」

「人を毒扱いするとは、いい度胸だね」

「怒るな怒るな。せっかくの男前がだいなしじゃぞえ。それに、わらわはそなたと本気でやりあうつもりは、まったくない。そなたとてそうであろう？　そなたとわらわ、それに仮面の白狐は、古きなじみじゃもの」

「……」

「さて、わらわはそろそろ失礼する。もう初音も館に着いたころじゃろう。かわいそうに。いまごろ泣いておろうよ。なぐさめに行ってやらねば」

「ああ、とっととどこへでも行っておしまい」

冷たく言われても、少女は怒らなかった。ふと真顔になって千弥を見たのだ。

「ところで、そなたの魂、変わったの。かつては寒々とした光であったのに、いまでは芯のほうで、温かなやさしい光が燃えておる」

「……」

「よかったの、白嵐。そこの弥助に出会えてよかったのぅ」

にこりとほほえんだあと、少女はすがたをかき消した。

嵐が過ぎさったあとのように、部屋の中は静かになった。弥助はふっと息をついた。

「なんか……すごい妖怪だったね」

「あれはほんとに……昔からああなんだよ。とりとめもなくて、気まぐれで……」

「でも、いやな感じはしなかったよ」

「そうだね。少なくとも、初音姫とはちがうね。あれのほうがもっと誇り高いし、信念というものを持っている。しかし……いやはや、とんだ騒動だったね」

うんざりした様子でうなる千弥に、弥助は小さく呼びかけた。

「……千にい」

「ん？」

「ありがと。おれのために変わってくれて。あの、お、おれも、千にいのために変わってみせるから。千にいのこと、ほんと大好きだから」

言ったあとで、弥助は真っ赤になってしまった。千弥がそれはうれしそうに笑ったからだ。

6　うそつき娘おあき

卯月に入ると、ぐっと暖かくなってきた。桜も散り、若葉が生えはじめる。

そんな春の夜、ひさしぶりに弥助のところに梅吉と梅ばあがやってきた。

梅妖怪の梅吉は、背は一寸半くらいしかないが、威勢のいいことをぽんぽん言ういたずら小僧だ。

だが、その夜の梅吉はどうもうかない顔をしていた。

むっつりしている孫を預けながら、梅ばあは「くれぐれも頼んだ」と、念を押してきた。

「朝までには迎えに来ますんで。それまで絶対に梅吉を外に出さんでくだされ。ええですね？　絶対にですよ。頼みます」

「わかったけど……なにかあったのかい？」

「……最近、子妖怪たちが消えてるんですよ」

梅ばあの梅干しそっくりの赤い顔が、いっそうしわくちゃになった。

「神隠しのように、いきなりいなくなるんですよ。気配も匂いも、ぱたっと消えて、そのまま見つからない。妖怪奉行所の月夜公さまと烏天狗たちも、必死で捜しているのに、糸口すら見つからなくて。もう三十人以上いなくなってるんですよ」

「さ、三十人って……もしかして、あやかし食らいのしわざかい？」

「それなら、そのあやかし食らいの匂いが残ってるはずです。でも、それもない。だから、みんなこわがっているんですよ」

梅ばあの声は暗かった。それに負けないほど、梅吉の顔も暗い。

弥助は身を引きしめながら、うなずいた。

「わかったよ。梅ばあがもどってくるまで、この家から梅吉を出さない。だれにも渡さないし、目をはなさないようにする。それでいいかい？」

「あい。どうぞ、よろしくお願いしますよ」

戸口から出ていくとき、梅ばあは梅吉をにらんだ。

「わかってるね、梅吉？　絶対に弥助さんのそばをはなれちゃいけないよ。いいね？」

「……………」

「梅吉！」

「……わかってる。捜しに行かないって、約束する」

「約束だよ。おばあと約束したんだからね」

きつく言いつけたあと、梅ばあは去っていった。

戸じまりをしっかりとしたあと、弥助は梅吉に向きなおった。

「なあ、おい。どうしたんだよ？」

「……」

「捜しに行くとか行かないとかって、どういうことだよ？……まさか、消えちまった子どもに、知りあいでもいるのかい？」

梅吉がやっと弥助を見た。目に涙がたまっていた。

「お、おいらの友だちの、え、えんらえんらの由良丸、が、いなくなっちまったんだ」

「えんらえんら？」

「煙の妖怪だよぉ。うう、お、おいらと仲が良かったんだ。あいつ、浅草寺の匂いを嗅ぎに行って、それきりすがたを見せないんだよぉ」

「浅草寺の、匂い？」

浅草寺は江戸でも有数の大寺だ。その境内、界隈は、出店や大道芸でいつもにぎわっており、毎日が祭りのように楽しく、さわがしい。

首をかしげている弥助に、梅吉は話した。

「えんらえんらは煙の妖怪だから、お香の匂いが好物なんだ。由良丸は、浅草寺の線香が特にお気に入りだったんだ」

由良丸がいなくなったのは三日前だと、梅吉は言った。

「おいら、捜しに行きたかったんだ。友だちだもん。でも、おばあが絶対にだめだって。おまえまで行方知れずになっちまったら、どうするんだって」

「それはそうだろう」

うなずいたのは、部屋の奥にいた千弥だった。

「わたしが梅ばあでも、同じことを言っただろうね。そんなあぶないときに、孫をふらふらさせるわけがない。弥助がそうしたいと言ったら、ふんじばってでも、行かせないようにするね」

「せ、千にい。そんなこわい顔でこっち見ないでよ」

首をすくめながら、弥助は梅吉をふりかえった。

「ま、まあ、梅吉。月夜公たちもみんなで捜してるって話じゃないか。ここはおとなしくして、月夜公にまかせたほうがいいって」

「で、でもよぉ……友だちのためになにもできないのって、つらいよぉ」

肩を落とす小さな梅吉に、思わず弥助は言ってしまった。

「じゃ、明日、おれが浅草寺に行くよ。おまえの友だちを捜してきてやるよ」

とたん、千弥が気色ばんだ声をあげた。

「弥助！　なに言ってるんだい？　いまわたしが言ったことをもう忘れたのかい？……ほんとに縄が必要なようだねえ」

「ちょっ！　待った、千にい！　いなくなったのはみんな、妖怪の子どもじゃないか！　な、そうだろ、梅吉？　人間の子はいなくなってないんだろ？」

「うん。妖怪の子だけだよ」

「ほら！　だから、おれは平気なんだって！　おれ、人間だし」

「それはまあ、そうだが……どうも気に食わない。わたしもいっしょに……」

「かんべんして！」

弥助はさけんだ。千弥と人の多いところに行くと、かならずいざこざに巻きこまれるからだ。

騒ぎとなるほとんどの原因は、千弥の言動にある。人ごみの中、弥助がだれかに足を踏まれたときの千弥の暴れっぷりなど、いま思いだしてもぞっとする。

弥助が必死でことわるものだから、今度は千弥がふてくされてしまった。

「なんだねえ。わたしはいつだって弥助のことだけを考えているのに。ふん。もういいよ。行っておいで。足を踏まれて、泣いて帰ってくるがいい。飴を落として、しょげて帰ってくるがいい」

「……千にい。おれ、もうそんなことで泣かないって」

とにかく、弥助は浅草寺に行くことを許された。

よろこぶ梅吉に、弥助はただしと釘を刺した。

「おれが様子を見に行ったからといって、おまえの友だちが見つかるとはかぎらないからな。もし見つからなくても、へそ曲げたりするなよ」

「わかってる。そんなことしないって。……ありがと、弥助」

緑の頭がぺこんと弥助にさげられた。

翌日、弥助は一人で浅草寺に向かった。

花見の時期は終わったものの、あいかわらず人は多く、にぎやかだ。出店にならぶお面や風車、飴玉が、きらきらと光ってみえる。

人ごみを縫うように進みながら、弥助はあちこちに目を向けた。煙の妖怪えんらえんら。見たこともない妖怪だが、それらしいのがいれば、わかるはずだ。

もちろん、本当にえんらえんらが見つかるとは思っていなかった。そんなにすぐに見つかるなら、とっくの昔に妖怪奉行所の者たちが見つけているはずだ。それでもここに来たのは、それで梅吉の気持ちが少しでもましになるならと思ったからだ。

(見つからなかったら……梅吉に飴細工でも買っててってやろう)

そんなことを考えながら、弥助は浅草寺のまわりをとりあえず一めぐりした。あちこちで線香の煙が立ちのぼってはいたが、そこにえんらえんらはいなかった。

疲れた弥助は、いったん人の通りが少ない寺の裏側に回り、一休みすることにした。

「ふう……やっぱりだめか。飴細工、探さなくちゃな……」

げっそりしながらつぶやいたときだ。明るい声があがった。

「飴細工がほしいの?」

ふりかえれば、すぐうしろに少女がいた。弥助よりは一、二歳年上だろうか。好奇心の強そうな大きな目。ちょっと気の強い感じの口元。肌は浅黒く、いかにもすばしっこい感じがする。着ている物は粗末だが、布で作った赤い花かんざしがよく似合っていた。

少女が自分に話しかけてきたと知り、弥助はぎょっとなった。

昔の弥助は、千弥以外の人とは口をきかなかったため、近所の子どもたちから「口なし」とからかわれ、手ひどくいじめられたものだ。

そのせいで、弥助はいまでも同じ年ごろの子どもは苦手だった。ことに女の子はだめだ。かわいい顔して、裏でどんな意地の悪いことを考えているか、わかったものではない。

それなのに、その女の子に話しかけられてしまうとは。

突然のことに頭が真っ白になり、弥助はかちこちになってしまった。

と、少女が身をよせてきた。

「ねえ、飴細工がほしいなら、いいお店知ってるよ。あたいが連れてってあげる。そこの飴細工はほんとすごいんだから。どうせ買うなら、絶対そこのがいいって」

親切にすすめてくれる少女。悪い子ではなさそうだと、弥助は少しだけ肩の力を抜いた。

「ほ、ほんとにそんなすごい飴細工なのかい？」

「うん。あたい、屋台の物売りの娘だからさ、出店にはくわしいんだ。連れてってあげるから、あたいにも飴を一つ買ってよ。どう？」

「い、いいよ」

「決まり。じゃ、ついてきて。あ、そうそう。あたいはおあき」

「おれは、や、弥助……」

「へえ、弥助ちゃんか、よろしくね」

にこりと、おあきが笑った。その笑顔に、弥助はまたぎょっとした。一瞬だが、おあきがとてもみにくく見えたのだ。いやらしいなにかが、ぞろりと顔の下から這いでてきたかのような……。

だが、弥助が一歩あとずさりをしたときには、それは消えさって、ごくふつうの少女が笑って立っているだけだった。

「ほら、こっちこっち。早くおいでよ」

笑いながら、おあきは軽やかに歩きだした。どんどん参道からはなれた、さびしい茂みのほうへと向かっていく。

「ほんとにこっちなのかい？」

「そうだよ。そこのじいさん、すっごく変人でさ。わざわざ人気のないとこで商売やってんの。変だよねえ。おかしいよねえ」

けらけらと笑うおあきに、弥助ははっと思った。まただ。またいやな感じがにじみだしている。しかも、今回のはなんだか苦しそうにも見えた。笑いたくないのに、無理やり笑っているかのようだ。

「……どうかしたのかい？」

「えっ？　なんのこと？」

「いや……なんか、つらそうみたいだから」

「そんなことないよ。あ、ほらほら。あれ、見てごらんよ」

「なに？」

「いいから、ほら。そこの茂み、のぞいてみて！」

言われるままに、弥助は茂みをかきわけた。その先には沼があった。沼と言っても、大きめの水たまりのような感じで、深さもたいしてない。水はにごり、重たげな茶色だった。

「これがどうし……わっ！」

いきなりうしろから押され、弥助はたまらずつんのめった。そのまま、沼へどぶりとはまった。生臭い水と泥が体を包みこみ、弥助はばたばたした。

ようやく身を起こしたところで、けたたましい笑い声が聞こえた。

声の主はおあきだった。おあきはいじわるげに顔をゆがめ、弥助を笑っていたのだ。

「へへーん！　ざまぁみろ！　飴細工がほしけりゃ、沼の底でもさらいな！　あんたみたいなきたない子には、泥団子がお似合いさ！」

「……」

思ってもみなかったいじわるをされ、弥助はぼうぜんとしていた。悲しいとかくやしいとかよりも、どうしてという気持ちがあふれてくる。

だが、なにか言おうとしたときだ。弥助はぎょっとした。

おあきの喉のあたりに、黒々としたしみがうきあがっていたのだ。それはぐねぐねとうごめいたあと、またすうっとおあきの肌の中に吸いこまれていった。

おあきがさらに顔をゆがめた。

「……ざまぁみろ」

弱々しげに悪態をつき、おあきはさっと身をひるがえして、駆けさってしまった。

泥まみれのずぶぬれで帰ってきた弥助に、千弥はおどろいた。やれ風邪をひいてしまう、薬はどこだと大騒ぎ。さらに、風のような速さで弥助を風呂屋へ連れていき、有無を言わせず湯をあびせかけ、とどめとばかりに熱い湯船の中に放りこんだ。

大変荒っぽいやり方ではあったが、全身から泥の生臭さが消えて、弥助はほっとした。それに冷えきった体が温められ、気持ちよくなっていく。

「もう十分あったまったよ」

「まだだよ。もっともっと、体を芯からあったためないと。もうしばらく浸かっておいで」

「ええっ！　ゆだっちまうよ！　ねえ、もう出ていいでしょ？」

「だめだよ」

ゆでだこになる一歩手前で、千弥は弥助を湯船から出してくれた。おかげで、帰る道中、夕暮れどきのひんやりとした空気が心地よかった。

気持ちよくなっている弥助に、千弥が切りだしてきた。

「それで？　どうして、こんなことになったんだい？」

「えっと……」

「まさか、言わないつもりじゃないだろうね？　ごまかしてもだめだよ？　おまえのうそなんか、わたしは一発でわかるんだから。さあ、ちゃっちゃと正直に話してごらん。いったい、どうして、こんなことになったんだい？」

もう逃げ道はない。弥助はぼそぼそと白状した。

案の定、千弥は激怒した。

「……なんて小娘だろうね。そういうたちの悪いことをするとは許せないよ。ああ、いますぐその子を見つけだして……いろいろと思い知らせてやりたいね」

白いこめかみに青筋をうかびあがらせる千弥を、弥助はあわててなだめにかかった。

「だいじょうぶだって。おれ、けがもしてないし。風邪だって、たぶんひかないよ」

「そういう問題じゃないよ！　ああ、やっぱりわたしも行くんだった！　わたしがいっしょなら、弥助がこんな目にあうことはなかったよ！……その小娘、名前は言ったのかい？」

「ちょ、ちょっと落ちついて。その子、悪い子には見えなかったんだよ。なんか様子が変でさ。……人間って、黒いしみができたりするものかな？　そばかすとかあざとかじゃないよ。こう、もっと大きくて、真っ黒でさ。ぐねぐね動いて見えるやつ」

「……それを見たのかい？　もしかして、その小娘についていたのかい？」

「うん」

そういうことかと、千弥は舌打ちした。

「そいつは、うそあぶらだね。人間の陰の感情から生まれてくる下等な魔物だよ。人間にとりついて、その人間にうそをつかせるやつだ」

「うそを、つかせる……」

「それがうそあぶらの本能なんだよ。なるほど。その小娘、うそあぶらにとりつかれていたのか。捜しだして、目に物見せてやろうかと思っていたけれど、そういうことなら、しようがない。許してやるとしよう。……甘酒でも飲んでいくかい？」

もうこの話は終わりとばかりの千弥に、弥助はすがりついた。

「ちょ、ちょっと待ってよ！　うそあぶらにとりつかれた人間は、どうなっちまうの？」

「息をするようにうそをつくようになるから、みんなにきらわれることになる。そのうち、ひどい目にあうかもしれないね。でも、そんなこと、弥助には関係ないだろう？　その娘が魔憑きだとわかったんだから、二度と近づかないようにすればいいだけさ。うん。やっぱり甘酒を買っていこうね」

こうして、千弥は話を切りあげてしまった。弥助はため息をついた。

その夜、弥助は眠れなかった。おあきのことが頭からはなれなかったのだ。

おあきにはまるで二つの顔があるようだった。一つはいやらしくてみにくい顔。だが、その下には傷つき苦しむ本当の顔がある。その本当の顔のほうが、弥助の胸を騒がせた。

助けたい。あんなつらそうな顔、ぬぐいとってしまいたい。

次第にその思いが強くなっていく。

がまんできなくなった弥助は、ついにふとんから身を起こした。となりで寝ていた千弥がすぐにそれに気づき、「どうしたんだい？」と声をかけてきた。

「眠れないのかい？　もしかして、腹でも痛くなったのかい？　薬、出そうか？　それとも、医者を呼ぶかい？」

「ううん。そうじゃなくて……千にい。おれ、やっぱりおあきちゃんのことが気になるよ」

「昼間の小娘のことかい？　なぜだい？　おまえとは関わりのない娘じゃないか」

「そういうことじゃないんだって！」

弥助は頭をかきむしった。妖怪の千弥は、こういうところで人間らしさに欠けており、ときどき言葉が通じなくなってしまう。

「だってさ！　かわいそうじゃないか！　うそついちまうのは、その子のせいじゃないのに、みんなに誤解されて。……千にい、なんとかならないの？　うそあぶらを引っぺがす方法はないのかい？」

必死に言う弥助の頭を、千弥は軽くなでた。その口元にやさしい笑みがうかぶ。

「おまえはやさしいね。……わかった。うそあぶらを落とす方法を教えてあげる」

「あるの？」

「ある。このままじゃ、弥助はいつまでも寝そうにないしね。寝ないのは体によくない。教えてあげるから、聞いたら、今度こそちゃんと寝るんだよ」

「うん！　うん！　約束するから教えて！」

一言も聞きもらすまいと、弥助は全身を耳にした。


翌朝早く、弥助はふたたび浅草寺へと向かった。まだ早いので、まだまだ人は少ない。そのかわり、屋台や出店の人たちがそれぞれの店の支度にかかりきりになっている。

彼らにおあきのことをたずねると、すぐにいろいろなことがわかった。

どうやら、おあきはここらでは有名らしく、その評判はことごとく悪かった。なにしろ、弥助がおおあきの名を出すだけで、「ああ、あのうそつき娘か!」と、みな、吐きすてるように言うのだ。

だが、中には不思議そうに首をかしげる者もいた。

「前は働き者のいい娘だったんだよ。よく親の手伝いをしてたんだ。あの子の親は、縁起物のわら細工を作る職人で、あの子も作る。ことに、馬の置物なんか、うまいもんだ」

「それなのに、うそをつくようになった？」

「うん。いきなりね。どんどんひどくなってくもんだから、親も手を焼いてるらしいよ。おあきなら、さっき境内に入っていくのを見かけたよ。行ってごらん」

「ありがとう」

弥助は言われるままに浅草寺の境内へと入っていった。

まだ人がまばらな寺のご本尊の前に、おあきがいた。手を合わせ、一生懸命祈っている。弥助はおあきがなにを祈っているのか、わかるような気がした。

「おあきちゃん……」

ぱっと、おあきがふりむいた。弥助を見るなり、その顔にあざけるような表情がうかんだ。

「あんた、また来たわけ？　あ、そうか。あたいに仕返しに来たんだ。ばかみたい。ちょっとひっかけられたくらいで、そんなに怒るなんて、せせこましいやつ」

「そんなんじゃないよ。……おあきちゃんはさ、ほんとはうそつきたくないんだろ？」

おあきの表情が一変した。薄笑いがさっと消え、青ざめた顔となる。

「な、なに言ってんのよ！　あたいは好きでやってんだ！　うそをつきたくないって？　ばか言わないで！　こんな楽しいこと、他にないんだからね！」

そうわめくおあきの目から、ぽろぽろ涙がこぼれていく。ああ、あのときと同じだと、弥助は思った。弥助を沼に突きおとしたあとに、おあきが見せた顔。いやでいやでたまらないと、心のさけびが聞こえてくる。

弥助はさらにやさしく言った。

「わかってる。うそつきたくないのに、口を開くと、勝手なことが飛びでてくるんだろ？このごろは、体まで勝手に動いて、やりたくもないいじわるをしちまうんだろ？　でも、それはおあきちゃんのせいじゃないんだ。うそあぶらがそうさせてんだ」

「うそ、あぶら？」

「そうだよ。人にとりついて、うそをつかせる魔物だ。でも、そいつは落とせるんだ！

おれが落としてあげる！　おあきちゃんから、うそあぶらを取っぱらってやるから」

「ふん。あんたなんか信じるもんか！　うそあぶら？　でたらめに決まってる！」

おあきは憎々しく毒づいた。なのに、泣きつづけている。

「わかった。おあきちゃんも、やっぱりうそあぶらを落としたいんだね？　もうしゃべらなくていいよ。だまって、おれにまかせて」

泣きじゃくりながら、おあきは口を閉じた。

人目につかないよう、弥助はおあきを小さな御堂の裏手に連れていった。それから、ふところから小さな壺と矢立を取りだした。矢立は、筆入れと墨壺を組みあわせたもので、持ち運びができて、便利な代物だ。

だが、この墨壺には、墨のかわりに、灰とお歯黒を練りこんだものが入れてあった。そのどろりとしたものに筆を突っこみながら、弥助はおあきに言った。

「これからうそあぶらを出すから。なにがあっても、絶対しゃべっちゃだめだ。いいね？」

こくりとうなずき、おあきは口を食いしばってみせた。

「頭をあげて、喉を見せて。そう。そのまま動かないで」

千弥に教えられたとおり、弥助は筆をおあきの細い喉にあて、一気に横に引いた。

真っ黒な線ができた。と、そこから血が噴（ふ）きだすように、ぶくぶくっと、黒い油のようなものがあふれてきたではないか。

油はぼこぼこと泡（あわ）を吹（ふ）いており、その泡（あわ）がはじけるたびに、きぃきぃという甲高（かんだか）い声があがった。

「はははっ！　ざまぁみろ！」

「だましたい！　だましてやりたい！」

「楽しいねえ、うそつくのは！」

「うげえっ！　お歯黒だよ！　灰(はい)だよぉ！」

「いやだよぉ！」

「まぬけ！　あほ！　すっとこどっこいめ！」

かまびすしい声に、おあきは目をみはった。なにか言いそうになり、あわてて自分の手で口をふさぐ。

「こいつが、うそあぶらか！」

弥助(やすけ)は顔をゆがめながら、おあきの喉(のど)に壺(つぼ)をあて、あふれでるうそあぶらをすべてその中に入れていった。

「いやだよぉ！　痛(いた)いよぉ！」

「やめてやめて！」

「殺(ころ)してやる！」

「けけけけっ！」

「楽しい楽しい！」

「うるさい！　おあきちゃんの体から出ていけ！」

弥助はどなりつけた。

ようやく最後の一滴が壺の中へ入っていった。弥助は、お歯黒をたっぷりとしみこませた紙をかぶせ、急いで糸で縛り、封をした。

「よし。もういいよ、おあきちゃん。なんかしゃべってみなよ」

おあきはおそるおそる口を開いた。

「あたい……あたい……いやだったの。うそなんかつきたくなかったのに、口が勝手に……ああ、どうしよ！　ちゃんとしゃべれる！　言いたいこと、ちゃんと言える！」

自分で自分におどろき、目をみはるおあき。弥助は笑いかけた。

「うまくいったみたいだね。よかった」

「や、弥助ちゃん！」

おあきは弥助を抱きしめ、わんわん泣きだした。

「つ、つらかった。本当につらかったのよぉ！　う、うそばっかりついたから、みんなにきらわれて……おとっつぁんたちにも迷惑かけて……やだったのに、やめられなかった」

「みんな、うそあぶらのせいさ。もうだいじょうぶだから、ちょっと、は、はなして。息が……」

ようやくおあきは弥助をはなし、今度はまじまじとその顔を見つめた。

「弥助ちゃんはもしかして……仏さまの御使い？」

「……なんでそうなるわけ？」

「だって、あたい、一生懸命お願いしてたのよ。うそをつくのをやめさせてくださいって。どうか助けてくださいって。そうしたら、弥助ちゃんが来て、あたいを助けてくれた。だから、御使いじゃないかなって」

「ちがうよ。おれはただの人間だよ。ただちょっと……えっと、憑き物落としにくわしい人に、うそあぶらの落とし方を聞いたんだ。効き目があって、よかったよ」

「うん」

涙ぐみながらも、おあきは大きく笑った。晴れ晴れとした、まるで蓮の花がぽんと咲くような笑顔だった。

（なんて、きれいなんだろう……）

そう思ったことに、弥助はおどろいた。こんなことを思うなんて。

と、おあきが弥助の手を両手で握りしめてきた。おあきに触れられたとたん、弥助は体が熱くなるのを感じた。どどどっと、自分の心臓がどきどきするのがわかった。

顔を真っ赤にしている弥助に、おあきは心をこめて言った。

「ありがとう、弥助ちゃん。ほんとにほんとに、ありがとう」

「そ、そんな……どど、どうってことないさ、こんなの。……それにしても、いったい、いつとっつかれたんだろう？　うそあぶらはもともとうそつきな人間にとりつくものらしいよ。おあきちゃんはそうは見えないし、どうしてなんだろ？」

「えっと……そうだ。あの日からだった。あのこわい日」

「こわい日？」

「そう」

おあきはおびえた表情をうかべながら、話しだした。


その日、おあきは親の使いで、家を出た。

だが、無事にお使いを果たし、帰る途中のことだ。にわか雨が降ってきた。

雨宿りできる場所を探そうと、おあきは道をはずれて大きな竹林に入った。そして竹林の奥に、古い家が一軒、隠れるように建っているのを見つけたのだ。

あの軒下なら雨にあたるまいと、おあきはよろこんで走っていった。そうして家の前まで来たときだ。中から人の声がすることに気づいた。

だれかがいる。

邪魔だと思われないように、おあきは気配を消して、軒下にしゃがみこんだ。

あいかわらず人の声が聞こえた。男の声だ。なにかをしきりにまくしたてている。

ときおり、それに答える別の男の声があった。なにを言っているかまでは聞きとれないが、こちらの声音は穏やかであまい。なのに、なぜかぞっとする。

おあきは気になってたまらなくなってしまった。男たちの話し声には、なにやら秘密の気配がしたのだ。

おあきは縁側に這いあがり、障子の下のほうに小指で小さな穴をあけた。そして、そこから中をのぞきこんだ。

まず見えたのは、若い女だった。おあきに背を向ける形で立っている。

おどろいたことに、その女は裸だった。白い体、細い腰、丸い尻の形が、やたらはっきりとおあきの目に飛びこんでくる。うしろすがたしか見えなくとも、女がとても美しいことはわかった。放つ気配、ちょっと首をかしげたすがたが、なんとも色っぽいのだ。

だが、女の体のあちこちには、奇妙な黒いいれずみがほどこされていた。

と、中年の男がおあきの視界に入ってきた。おそらく大店の主なのだろう。りっぱな身なりで、腰からさげている根付も見事なものだ。

男は、裸の女に近づくと、ふるえる手で女に触れた。肩や首筋を何度もなでる。

「ゆり……ゆりだ」

感激したようにうめく男。と、ふふふと、やわらかな笑い声が響いた。どうやらもう一人、部屋の奥にだれかいるようだ。

見えない声の主が言った。

「遅くなりましたが、このとおり、ちゃんと完成させましたよ。ご満足いただけましたか？」

「ああ……ああ、これはゆりそのものだ。……もう連れて帰っていいんですね？」

「いいですよ。さいしょは動くこともしゃべることも、おぼつかないことでしょう。でも、あなたが心をこめて世話をすれば、じきに重みも増して、生き生きとしてきますから」

「ああっ！　恩に着ますよ！　お代の残りは、あとできっちり届けさせます！　それじゃ、連れて帰りますよ！　ああ、ゆり。家に帰ろう。帰ろうねぇ。もうはなさないからねぇ」

ぴくりともしない女に美しい着物を着せ、中年男はぎゅっと抱きしめた。だが、その顔が少し不安げになった。

「ところであの……もう一人のほうは？」

「ご心配なく。こちらでちゃんと始末しておきますから」

「し、始末って……」

「旦那さんが気になさることはないのです。あれはもうゆりさんではないですからねぇ。あちらはもうただの抜け殻。いまではこちらのゆりさんが本物だ。だからね、新しいゆりさんをたんとかわいがってあげてくださいい」

「ええ。ええ。もうはなしゃしませんよ！　わたしのゆりだ。わたしのものだ！」

中年男はさっと女を抱きあげ、勝手口のほうへと歩いていった。

ここで、おあきはようやく気づいた。

あの女は人ではない。人形だ。生きた人間そっくりの、人形なのだ。

おあきが混乱している間に、中年男と人形は出ていってしまった。

ふふふと、またあの笑い声がした。

「さて、次の仕事にとりかかるかね。おっと。その前に、ごみを片づけておかなくちゃ」

声の主らしき影が、部屋のすみのほうでごそごそ動くのが見えた。

おあきは胸(むね)がはげしく打ちはじめていた。

なんだろう。体のふるえが止まらない。ああ、なんだあれ。大きな箱から、なにか白いものが引っぱりだされている。白くて、大きくて、細くて……長い髪(かみ)。女の髪(かみ)。

ああっ！

気づけばさけんでいた。

そして、その瞬間(しゅんかん)、「見たね」と、耳元でだれかがささやいたのだ。


弥助(やすけ)は青ざめながら、おあきを見つめた。

おあきの話には得体(えたい)の知れない闇(やみ)の気配がした。体中がぞくぞくする。

「それから……どうなったんだい？」

「気づいたら、近所の茶店のところにいたの。……茶店に入った覚(おぼ)えなんか、なかった。でも……けがもしてなかったし、ぜんぶ夢(ゆめ)だったのかなって思って」

その日から、おあきはうそをつくようになった。自分でもおどろいたし、なんとかやめようとしたが、だめだった。そして、自分のことに手いっぱいとなり、竹林の一軒家(いっけんや)で見たことはすっかり忘(わす)れてしまったのだ。

「あ、あたい……なにを見たんだろう？　ねえ、弥助ちゃん？　あたい、だいじょうぶかな？」

「もちろん、だいじょうぶに決まってるさ」

不安げにすがってくるおあきに、弥助は大きくうなずいてみせた。

本当は気がかりだった。おあきはなにかとんでもないものを見たにちがいない。だが、もうこれ以上、おあきにおびえた顔をさせたくない。だから、明るく笑ってみせた。

「なにを見たにしろ、もうおあきちゃんには関係ないことだよ。気にすることなんかない。うそあぶらも落ちたことだし、もとの毎日にもどれるって」

弥助の言葉に、おあきはほっとしたようだった。顔のこわばりが解けていく。

「うん。ぜんぶ弥助ちゃんのおかげだね。……ほんとにありがと」

にこっと、おあきは笑った。まるで真夏の睡蓮のような、きれいな笑顔だった。

ずどんと、弥助は胸をどつかれるような衝撃を食らった。頭の中は真っ白で、ただただおあきの笑顔が花咲いている。

ぼんやりとしている弥助の前で、おあきは心底幸せそうに言った。

「ああ、弥助ちゃんに会えて、ほんとによかった。……そうだ。いいものあげる！」

おあきはふところから、わらでできた小さな馬を二つ、取りだした。赤い紐で作った手綱がかわいらしい。

「これ、あたいが作ったの。お礼にあげる」

「え？　いいのかい？」

「うん。御堂に奉納しようと思って持ってきたんだ。仏さまにあたいの願いを届けてもらいたくて。でも、弥助ちゃんが助けてくれたから、弥助ちゃんにあげたいと思うの。よかったら、もらってくれない？」

「も、もちろん、もらうよ！」

弥助はありがたく二つの馬を受けとった。ちょうど梅吉がまたがれるほどの大きさだ。あげたら、きっとよろこぶだろう。そしてもう一つ。こちらは弥助のものだ。

甘酸っぱいものを感じながら、弥助は馬たちをそっとふところに入れた。

「大事にする。絶対大事にする」

「うん。そう言ってもらえるとうれしいな。……ねえ、明日もここに来る？　あたい、まだちょっとこわいんだ……。またうそついちゃうんじゃないかって……弥助ちゃんがいてくれると、こわくなくなるから、その……」

「わかった」

それ以上言わせず、弥助はきっぱりとうなずいた。

「明日も来る。明日は、おれが弁当をこしらえてくるよ。そ、そしたらさ、おあきちゃんはこのあたりを案内してくれよ」

「いいよ！　いろいろなところに連れてってあげる！」

おあきも目をかがやかせながらうなずいた。

また明日と、約束して、子どもたちは別れた。


翌日、弥助はまたも早起きした。今度は弁当作りのための早起きだ。

「なんでまたその子のところに行かなくちゃいけないんだい？　うそあぶらは落とせたんだから、それでいいじゃないか」

なんとなく気に入らない顔をしている千弥に、弥助はせっせと飯を炊きながら答えた。

「お礼にあのあたりを案内してくれるって言うんだ。おもしろそうだなって思って」

「そんなの、わたしといっしょに行けばいいのに。それに、なんで弁当なんだい？」

「だって、買ったら高いだろ？　おれが作ってったほうがいいよ。……あのさ、心配しなくても、千にいの分もちゃんと作っとくから。昼にはそいつを食べてよ」

「……わたしは行っちゃいけないのかい？」

「だめ。さわぎはごめんだもん」

ぶすっと、千弥はふてくされたが、その顔すらも弥助は気にならなかった。こしらえたのは、にぎりめしだ。冷めても香ばしいようにと、みそを塗って、軽くあぶってある。ごまをふりかけたたくわんをそえて、竹の子の皮で包めば、りっぱな弁当のできあがりだ。

おあきはきっとよろこんでくれるだろう。その顔を思いうかべるだけで、わくわくした。

「んじゃ、行ってきます！」

「早く帰ってくるんだよ」

「うん。夕方までには帰る」

「夕方！　ちょいとお待ち！　そんな遅くま……あ、こら！　弥助！」

さけぶ千弥をふりほどくように、弥助は走りだした。

待ちあわせ場所は、浅草寺の境内にある大きな楠の下と決めていた。寺から少しはなれた場所にある大木の下なら、静かだし、参拝客の邪魔にもならない。

弥助が着いたとき、おあきはまだいなかった。少し早すぎてしまったらしい。弥助はそわそわしながらおあきを待った。

だが……。

約束の時刻を小半刻も過ぎても、おあきはすがたを見せなかった。

弥助はだんだんと不安になってきた。

もしかして自分が場所や時刻を勘違いしてしまっているんだろうか？

何度も境内をうろついて、おあきを捜した。昨日、うそあぶらを落とした御堂の裏にも行ってみたが、やはり見当たらない。

いやな予感がして、弥助は屋台の人たちにおあきのことを聞いてみた。そして、思わぬ事実を知るはめとなった。

「行方知れず……？」

絶句する弥助に、飴売りの若者は暗い顔でうなずいた。

「昨日、うちに帰らなかったらしい。いま、親たちが捜しまわってる。……おまえ、あの子の友だちかい？」

「……う、うん」

「そっか。……無事に見つかるといいよな」

そう言って、飴売りは飴をひとつかみ、弥助にくれた。

だが、弥助はとても飴に手をつける気分になれなかった。

おあきが、行方知れず。いなくなってしまった。消えてしまった。そんな、そんな！

気持ちが悪くなった。足元にぽっかりと穴があき、吸いこまれてしまうような感じだ。

まっすぐ立っていられず、思わずその場にしゃがみこんだ。どぶりどぶりと、真っ黒な不安がこみあげてきて、心ノ臓がいやな音をたてている。

「……いや、まだだ」

うなるように言って、弥助は立ちあがった。

まだあきらめない。あきらめるものか。絶対捜す。捜しだしてみせる。

弥助は走りだした。


おあきの身になにがあったのか。

時は昨日にさかのぼる。

弥助と別れたあと、おあきはうきうきと家に向かった。身も心も軽かった。

もうそをつかなくてすむ。いやなことをしなくてすむ。本当に解きはなたれた気分だ。

だが、人でごったがえす参道を抜けようとしたときだ。

ふいに、だれかにつかまれ、強い力で引っぱられた。声をあげる隙もなく、人の目の届きにくい路地に連れこまれた。

おあきは逃げようともがき、うしろをふりかえった。

おあきを捕まえていたのは、職人風の三十がらみの男だった。きれいだが、これといって特徴のない顔をしている。見たときは、「ああ、いい男」と思うのに、目をそらしたとたん、忘れてしまう。そういう顔なのだ。

その男は、気の毒そうにおあきにほほえみかけてきた。

「困った子だねえ」

おあきは血の気が引いた。

この声。忘れようのない、あまい声。あの竹林の中の一軒家で聞いた声だ。

がたがたとふるえだす少女に、男はもう一度困ったねえと言った。

「うそあぶらを落としてしまうなんて。あれをつけている間は、見逃してあげられたのに。

……こうなったら、ほんとにおまえさんをどうにかしなくちゃいけないねぇ」

だれにも言わない。だれにも言わないから、見逃(みのが)して。

声が出ず、必死(ひっし)で目で訴(うった)えるおあきに、男は身をかがめてささやいた。

「だいじょうぶ。痛(いた)い目にはあわせないから。ねえ、羽冥(うみょう)？」

男が奥(おく)の暗がりへと声をかけた。

ぬちゃりと、暗がりの中で湿(しめ)った音がした。なにかがそこにいた。

おあきは目をみはり、今度こそ悲鳴をあげようとした。その口を、男はやんわりと手でふさいできたのだ。

「ごめんね」

男はそう言って、ほほえんだ。

そうして、おあきはすがたを消したのだ。

7　消えた津弓

梅の里の梅吉が、人間の弥助からおもちゃをもらった。梅吉はすっかり気に入って、たいそう自慢しているらしい。

そんな噂が耳に入り、月夜公の甥、津弓はうらやましくなった。

「津弓もほしいな。人間のおもちゃ、ほしい」

がまんできず、津弓は一人で屋敷を飛びだした。

これは本当はいけないことだった。叔父の月夜公から、「一人で屋敷から出てはならぬ」と、言われたばかりなのだから。

「でも、弥助のところだもの。叔父上だって許してくださるよ、きっと」

都合よく考え、津弓は走りだした。もう道は覚えているし、やろうと思えば、夜風に乗っていくことだってできる。

そうして、津弓は太鼓長屋へとたどりついた。

わくわくしながら戸を叩いたところ、弥助の養い親の千弥が戸を開けてくれた。

目を閉じたまま、千弥は白いきれいな顔を津弓に向けてきた。見えなくとも気配で感じとったのだろう。「津弓だね」と、いつになくやさしく声をかけてきた。

「ちょうどよかったよ。お入り。弥助は中にいるから。弥助、いま少し元気がなくてね。おまえと会えば、少しは気が晴れるかもしれない。会ってやっておくれ」

「うん」

小さな部屋の中に入ってみれば、弥助はすみに座っていた。しみだらけの壁をぼんやり見ている。その手には、わらでできた小さな馬が握られていた。

津弓はすぐさま駆けよった。

「弥助！　津弓、来たよ！」

どよっとした目を、弥助は向けてきた。

「ん？　ああ、津弓か。なんか用かい？」

「遊びに来たの！　それでね、津弓もおもちゃほしい！」

「おもちゃ？」

「うん。弥助、梅吉におもちゃあげたでしょ？　津弓もほしい！　その馬、ほしい！」

津弓はねだった。そのむじゃきさに、いつもの弥助なら苦笑したことだろう。

だが、その夜の弥助はちがった。ちょうだいと手を差しだす津弓から、がばっと、弥助は飛びはなれた。

「だ、だめだ！　これはだめ！」

「なんで？　梅吉にはあげたんでしょ？　どうして津弓にくれないの？」

「こ、これはおれがもらったものなんだ。もらったものを、ほいほいとはあげられないよ」

「でも、梅吉にはあげたでしょ？」

「そ、それは……おもちゃをくれた子は、二つくれたんだ。だから一つは梅吉にやれたんだよ。……なあ。こんなおもちゃ、浅草寺の出店にいくらでも売ってるから。もっといいものだって、たくさんあるからさ」

「それじゃ、連れてって。いっしょに行こう。浅草寺に行こう。津弓、弥助と行きたい！」

「悪いけど……おれ、しばらく浅草寺のあたりには近づきたくないんだ」

「なんで？　ねえ、なんで？」

「なんでもだよ！　しつこくしないでくれよ！　頼むからさ！」

「弥助のいじわる！」

津弓はかんしゃくを起こして、ぶんぶん手をふりまわした。

「あれもだめ、これもだめ！　いじわるばっかり！　津弓のことどきらいなの？　梅吉のことだけえこひいきするなんて、ずるい！　津弓だって弥助のこと好きなのに！」

「そ、そういうことじゃないんだって！」

「じゃ、なんで！　なんでなんで！」

「そこまでだ」

冷ややかな声が降ってくるなり、津弓は首根っこをつかまれ、子犬か子猫のように持ちあげられた。言わずと知れた千弥のしわざだ。

「やっ！　はなして！　はなしてよぅ！」

「もうお帰り、津弓。弥助を困らせる子はいらないからね」

千弥は津弓を外に放りだし、ぴしゃんと、戸を閉めてしまった。

放りだされた津弓は、悲しいやら腹立たしいやらで、足を踏みならした。

「ひどい！　弥助も千弥も！　叔父上に言いつけてやる！　津弓にひどいことしたって、言いつけてやるんだから！……もういい。津弓、自分でおもちゃ買ってくるから！」

津弓が一人で人間の店に行ったと知ったら、「そんな無茶をさせちまったのか。ごめんよ」と、弥助もあやまってくれるかもしれない。あるいは、「一人でそんなとこまで行くなんて、おまえ、がんばったなぁ」と、感心してくれるかもしれない。

どちらにしろ、弥助はちゃんと津弓に向きあって、かまってくれるだろう。

そう。本当はおもちゃがほしいのではない。弥助にかまってもらいたいのだ。そのためだったら、津弓はなんだってするつもりだった。

津弓はそのまま浅草寺に向かうことにした。こんな夜遅くでは、出店はやっていないということを、津弓は知らなかったのだ。

やがて、用水路にかけられた小さな橋の前にやってきた。

その橋に一歩踏みだしたとたん、津弓はなぜか転んでしまった。

「いったたぁ」

涙をこらえて、起きあがろうとしたところで、津弓はぎょっとなった。

立てない。体も手も足も、橋の床板にぴったりはりついて、動かせない。まるで、のりでも塗ってあったかのようだ。

うんうんと、うなりながらもがいていると、ふいに、うしろに奇妙な気配を感じた。

「だれ?」

ふりかえることもできず、津弓は声をあげた。だが、答えはなかった。言葉を発するかわりに、うしろにいるだれかはぺしゃりと音をたてた。舌なめずりをするような音。

「だ、だれ? だれなの?」

悲鳴をあげる津弓に、黒っぽい影がおおいかぶさった。


「津弓をどこにやった!」

戸をふっ飛ばさんばかりの勢いで飛びこんできた月夜公に、遅い朝飯を食べていた弥助は、思わず味噌汁をふいてしまった。

むせる弥助を、月夜公は容赦なくつかみあげた。美しい顔は怒りに燃え、三本の尾が龍のようにうねっている。千弥が湯のみを投げつけなかったら、勢いのまま弥助の首をへし折っていたかもしれない。

熱い茶をあびて、さっと月夜公は身をひいた。さすがは大妖怪と言うべきか。白い肌にはやけど一つ、できてはいない。むしろ、いまので少し我に返ったようだ。改めて弥助をにらみつけてきたが、その目はいくらか冷静になっていた。

「津弓はどこにおる！　ここに来たであろうが！　どこにおるのじゃ！」

せきこんでいる弥助をなでながら、千弥がかわりに答えた。

「おまえの甥なら、とっくに帰ったよ」

「帰った？　一人でか？　いつのことじゃ？」

「昨日の夜だよ。いきなりやってきて、弥助を困らせたからね。すぐに帰ってもらったよ。まだ帰ってないなら、おおかた、どこかでより道して、遊んでるんだろうよ」

「津弓にかぎって、そんなことはせぬわ！」

ぐわっと、尾の一本で、月夜公は千弥を突きあげてきた。千弥はとっさに鍋ぶたで、その一撃を防いだ。

「朝っぱらから迷惑だね！　あの甥にしてこの叔父ありだ！」

「やかましいわ！　いいかげんなことをぬかしおって！　あの子はな、たしかに好奇心が強く、遊びたがりじゃ。じゃが、やってよいことと悪いことは、きちんと区別がついておる。吾に内緒で出かけることはあっても、まる一晩も屋敷に帰ってこぬことはないわ！

弥助。心当たりがあるのであれば、早う言え！　さもないと、その口、引き裂いてやるぞえ！」

「弥助を脅すのは許さないよ。……その顔をずたずたにされたいのかい？」

「うぬはだまっておれ！」

「そっちこそおだまり！」

「ちょ、ちょっと待ってよ、二人とも！」

がなりあう月夜公と千弥の間に、弥助はなんとか割って入った。

「津弓はたしかに昨日来たよ。おもちゃがほしいから、浅草寺の出店に連れてってくれって、ねだってきたんだ。でも、おれ……ことわったんだ。おれの……知りあいが、あのあたりで行方不明になっちまったもんだから。どうしても行きたくなくて……」

ぎゅっと、弥助は唇を噛んだ。自分の言葉が、針のように心に刺さってきたのだ。

おあきが見つからず、手がかりもつかめず、ひどく落ちこんでいたところに、津弓が来たのだ。おあきのことさえなければ、もっとちゃんと相手になっていたものを。

後悔している弥助に、月夜公はかすれた声で先をうながした。

「……つづけよ、弥助」

「あ、うん。おれ、てっきり、津弓はそのまま帰ったのかなと思ったんだけど。……もしかしたら、一人で浅草寺に行ったのかもしれない。かなりへそ曲げてたから」

「……吾は、津弓の匂いをたどった。ある場所で、匂いはぷつりと消えておった。……信じられぬ。この吾が、あの子を見失うなど……」

がくりと、月夜公はうなだれた。これまでに見たことない、弱々しいすがただ。弥助はもちろんのこと、千弥でさえおどろいたようだ。

「そんなに不安がることはないんじゃないかい？　だれかに引きとめられ、遊んでいるのかもしれないし」

「……いや、白嵐よ。それはない。それなら匂いが消えるはずがない。……最近、子妖怪のかどわかしが相次いでいる。今回の津弓の消え方はそれとまったく同じなのじゃ」

ずくりと、弥助の心ノ臓がいやな音をたてた。津弓が消えたと聞いたときから、まさかとは思っていたが、やはりそうなのか。

「くそぅ！」

爪が食いこむほど、こぶしを握りしめた。

浅草寺では、これで二人の子どもが消えたことになる。えんらえんらと、津弓。

いや、もう一人いる。おあきだ。あの子も突然消えてしまった。せっかく、うそあぶらも落ちて、晴れ晴れとしていたのに。

おあきのことを思いだしたところで、弥助ははっとなった。

「月夜公……もしかしたら関係ないかもしれないけど……気になる話を聞いたんだ」

弥助は、おあきが見聞きしたという奇妙なことを話した。

道からはなれた竹林に建つ一軒家。人間そっくりの人形。それを渡す男と、渡される男。

そして、箱から引っぱりだされたというもの。

すべて話したあと、弥助は付けくわえた。

「これは人間の女の子が話してくれたんだ。でも、その子も消えちまった。おれにその話をした、その日のうちに……」

「消えた、とな」

考えこむ月夜公に、千弥が言った。

「ちなみに、その娘にはうそあぶらが憑いていたそうだよ」

「うそあぶらじゃと？」

「ああ。もともとうそつきなら、うそあぶらに憑かれてもおかしくはない。でも、その子はぜんぜんそういう子じゃなかったそうだ。それが、いきなりうそあぶらにとりつかれた。それも、そのおかしなものを見た日にだ。……変じゃないかい？」

「そうじゃな」

気になるなと、月夜公もうなずいた。白い眉間にしわがよる。

「その家にいたという二人の男。人形を持ち帰ったほうは、人間であろう。じゃが、もう一人の男。おそらく人形の作り手じゃろうが、こちらははなはだ怪しいわ」

「そうだね。人間だとしても、ただ者じゃない。たぶん、なにかの術をきわめている」

「……闇に堕ちた者かもしれんな」

むずかしい顔をしている月夜公と千弥を見て、弥助は冷たい汗をかいた。

「な、なあ……もし、そいつが子どもたちをさらってるんだとして、いったい、なんのためだと思う?」

「わからぬ」

「わからないけど、まずまちがいなく、ろくでもないことだよ。……弥助、もしかしたらあの娘にうそあぶらが憑いていたのは、口封じのためだったのかもしれないよ」

「口封じ?」

「そう。見られたくないものを見られたから、うそあぶらをとりつかせて、娘の口を封じた。そうとしか思えない。そんな術を、人の身で操れるというなら……これはどうも、いやな感じがするね」

千弥の言葉に、月夜公の顔がさらに白くなった。

さっと戸口に向かう月夜公に、千弥は声をかけた。

「どこに行くんだい?」

「ここにいてもなにもできぬ。まずはその怪しげな家とやらを見つける」

「どこにあるのか、見当はつくのかい? おまえ、人間界のことは知らないだろうに」

「知っていようがいまいが、見つけだしてみせるわ。吾の妖力をすべてしぼりだしてでもな。……急がなくてはならぬのだ。一刻も早く、津弓を屋敷に連れもどさなくてはならぬ」

「……おまえらしくもない。なにをそんなにあせっているんだい？」

「白嵐……津弓は、妖気違えの子なのだ」

千弥ははっと息をのんだが、弥助には意味がわからなかった。

「千にい。妖気違えってなんだい？」

「……生まれつき、二つの妖気を持っているあやかしのことだよ。相容れない妖気の持ち主同士が夫婦になると、そういう子が生まれてくることがある。そして……妖気違えのあやかしは、だいたいが病弱で、早死にしてしまうことが多いんだよ」

そのとおりだと、月夜公はうなずいた。

「我が姉上は、決して自分とは相容れぬ妖気の持ち主と夫婦になった。その結果、生まれたのが津弓じゃ。津弓の体の中では、つねに二つの妖気が渦巻き、争いあっておる。それはあの子の命をちぢめるのじゃ。……津弓を生かすため、吾が津弓にほどこしておる術は、十や二十ではきかぬ」

「そ、それ、津弓も知ってんの？」

「むろんよ。あの子は自分の体のこともちゃんと知っておる。日々、特別な薬を飲み、吾が妖気を抑える術をほどこす。そうしなければ、三日と生きていられぬ。そういう子なのじゃ。……すでに一夜過ぎてしまった。残るは、あと二日半。それまでになんとしてもあの子を見つけだす。それができねば……吾は……」

最後まで言わず、月夜公は風のように出ていった。

千弥が立ちあがったのは、そのあとすぐのことだった。

「弥助、悪いが留守番を頼めるかい？……あいつのあんな声を聞くのは初めてだ。このまま見ぬふりはできないよ」

「千にい……もしかして、月夜公とは昔、友だちだった？」

「なんでそう思うんだい？」

「だって……仲が悪いくせに、お互いのことをよく知ってるみたいだから」

「……昔の話さ。いずれ話してあげるよ。とにかく行ってくる」

そう言って、千弥も出ていった。

一人残された弥助は、食べかけの朝飯をのろのろと片づけた。その間も、津弓のことが頭からはなれなかった。

　泣いてはいないだろうか。ひどい目にあってはいないだろうか。いや、だいじょうぶだ。あの月夜公が本気になって捜しているのだ。千弥も手を貸すと言っている。きっとすぐに見つかる。津弓だけじゃない。神隠しにあった他の妖怪も、もしかしたら、おあきも。そうだ。おあきも、きっと見つかるにちがいない。

　そんなことを考えていると、ふいに、背後で戸が開く音がした。

　千弥がもうもどってきたのかと、弥助はふりむいた。そして、絶句した。

　戸口を開けて入ってきたのは、若い男だった。その顔に、弥助は見覚えがあった。

　久蔵のはとこで、たしか名前は太一郎とか言ったか。

　太一郎は戸を閉め、にやりと笑った。

「やっと見つけた。……おまえをずいぶん捜してたんだぜ、小僧」

　ねっとりした声で言われ、ぞばばっと、弥助は鳥肌が立った。ものすごくいやな感じがした。大声をあげたいが、ひゅうひゅうと、か細い息をするのがやっとだ。

　だらだらと、冷や汗をかいている弥助に、太一郎は楽しげにささやいた。

「おっかさんがね、言うんだよ。久蔵のものをぜんぶこわしちまえって。おれをひどい目にあわせたんだから、お返しをしてやれって。おれもそうしなくちゃって思う。……久蔵はおまえを特別かわいがっているようだ。悪いけど、おまえをこわさせてもらうよ」

太一郎は熊のように襲いかかってきた。弥助を押したおし、喉に手をかける。その指は、氷のように冷たかった。

「ぐっ！」

こんなやつに殺されてたまるものかと、弥助はむちゃくちゃに暴れた。太一郎が少しひるんだ。その喉に向けて、弥助は思いきりこぶしを突きあげた。

これにはたまらず、太一郎がうしろにそっくりかえった。

弥助は体を転がして、横に逃れようとした。だが、起きあがる前に、足首をつかまれ、引っぱられた。

「ち、ちくしょう！」

引きよせられそうになり、弥助はとっさにそばにあったまたたびの棒をつかんだ。化け猫のくらから「りんのことで世話になったから」ともらったもので、ちょうどすりこぎほどの太さと長さがある。

その棒を、思いきり太一郎めがけてふりおろした。

べきんと、変な音と感触がしたが、かまわず二度、三度と、夢中でふるった。すると、足首をつかんでいた力がゆるみ、弥助は自由になるのを感じた。

今度こそ起きあがり、壁を背にして太一郎と向きなおった。ここでおかしなことに気づいた。太一郎が襲ってこないのだ。きょとんとした顔をして、じっと床を見ている。

弥助も床を見た。見て、ぎょっとした。

なんと、腕が落ちていた。

腕だ。大人の腕が一本、まるで大根のように床に転がっている。だが、血は見当たらない。砂のような白いものがばらばらっと落ちているだけだ。

ゆらりと、太一郎が身動きした。自分の右袖に左手をのばす。

たしかめるように、太一郎は何度も袖をつかんだ。が、くしゃりとつぶれるばかりで、中身に触れることはない。

やはり、床に落ちているのは太一郎の腕なのだ。

「いったい、どうなってんだ……？　これ、おれの腕、だろう？　なんでこんな。おれ、なにも感じないのに……なんだ、これ」

そうつぶやく間にも、太一郎の目は膜がかかったように、にごっていった。

やがて、太一郎はゆっくりと自分の腕を拾いあげた。

「あの人のところに行かなきゃ。直してもらわなきゃ」

太一郎はふらふらと戸口から出ていった。もう弥助には見向きもしなかった。

男が出ていき、弥助は膝から力が抜けそうになった。

(ま、まだだ! しっかりしろ!)

あいつはどこかに行こうとしている。どこに行くのか、突きとめないと。

弥助はまたたび棒を握りしめたまま、外へと飛びだした。

太一郎が、ちょうど路地の角を曲がるところだった。

弥助はびりびり気を張りつめながら、あとをつけていった。太一郎は一度もふりかえらなかった。ふらふらした足取りのまま、進んでいく。

そうして、いつしか二人は街道をはなれ、人気のないところへとやってきた。まわりには田畑が広がり、点々と農家があるだけだ。

そして、細いあぜ道の先には、こんもりとした小山があった。小山は竹でおおわれており、風が吹くたびに、竹の枝がざざざ、ざざざと、波のようにうねる。

その竹林の中へと、太一郎は入っていった。弥助もそのあとにつづいた。

奥に進むと、竹林が少し開け、そこそこ大きな一軒家が見えてきた。かなり古びた家で、茅ぶき屋根には緑の苔がびっしりとつき、障子もあちこち破れている。

太一郎は、すいっと、吸いこまれるようにその家に入っていった。

弥助はじっとそちらをうかがった。

家は静かだったが、人の気配がした。なにやら話しているような声も聞こえる。が、それ以上のことはわからない。

もう少し近づくか。それとも、今日はこれで帰るか。

迷っていたときだ。からっと、音をたてて家の戸口が開いた。そこから出てきた人物を見て、弥助は息が止まるかと思った。

「おあきちゃん！」

思わず飛びだしていた。

ぱっちりと大きな目に、ちょっときつめの口元。まげにさした赤い布の花かんざし。そこに立っているのは、おあきだった。十日前にすがたを消した少女だ。

生きていた！　無事だったのだ！

弥助はおどろくやらうれしいやらで、声がつまってしまった。

「おあきちゃん！　だいじょうぶかい？」

「……」

「おれだよ。弥助。おあきちゃんのうそあぶらを落とした弥助だよ」

「……」

「いきなりいなくなったから、心配してたんだ。みんなも捜してたよ。……どうしてたんだよ？　どうして、いなくなったりしたんだい？」

なにを聞いても、おあきは答えない。無表情のまま、ぼんやりと立ちつくしている。

「おあきちゃん……いったい、どうしちゃったんだよ」

弥助はうろたえながら、おあきの手を取った。とたん、はっとなった。おあきの手は氷のように冷たかったのだ。あまりの冷たさに、弥助はこわくなった。

そのときだ。

「なにをやってるんだい？　水はどうした？」

家の中から声がした。

ぶわっと、弥助の毛穴という毛穴から、汗がふきだした。

なんて声だ。あまいのに、ものすごくこわい。闇がぬりこめられたみたいな声だ。逃げなくては。いますぐおあきを連れて、逃げなくては。

そう思うのに、足が動かない。

と、弥助の気配を感じとったらしい。声の主が、「おや？」と言った。

「だれかいるんだね。……連れておいで、おあき」

おあきが突然動いた。おとなしくしていたのがうそのように、弥助にはげしくつかみかかってきたのだ。手首をすごい力でひねりあげられ、弥助は悲鳴をあげた。

それでもおあきは容赦しなかった。今度は弥助を思いきり突きとばしたのだ。家の壁に叩きつけられ、弥助はたちまち気を失った。

8 人形師

気づいたとき、弥助は冷たい床の上に転がされていた。

起きあがろうとして、両手をうしろで縛られていることに気づいた。捕まったのだとわかったとたん、血の気が抜けた。

落ちつけ。落ちつくんだ。

必死で呼吸をしながら、あたりの様子をうかがった。縛られているせいで、身動きはほとんど取れなかった。それでも、自分がとても狭い一間にいることはわかったし、まわりにごちゃごちゃと道具や袋などが置かれているのもわかった。すぐ目の前には戸もある。

どうやらここは物置きらしい。

そこまでわかったとき、ふいに、目の前の戸が開かれた。

戸を開けたのは、おあきだった。無表情のまま、おあきは弥助の襟首をつかんで、物置

きから引きずりだした。

「や、やめてくれよ、おあきちゃん！」

弥助の声を無視し、おあきはずりずりと弥助を引きずっていった。そうして、しめっぽい畳の上に、弥助を投げだしたのだ。

そこはじっとりと暗い部屋で、奥には男が一人いた。

歳は三十そこそこ。なかなかいい男だった。色が白く、やさしげな目元とふっくりとした口元に品がある。が、どこか作り物めいていて、生気に乏しい。

また、男は黒い衣装をまとっていた。股引から、袖の短い着物にいたるまで、すべて黒い。頭まで、薄い黒布でおおっている。

そのせいか、男は闇の化身のように見えた。

男が口を開いた。

「おまえはだれなんだい？　どうしてここに来たんだい？」

ささやくような声は、本当にやさしかった。やさしいのに、こわい。

ぶるぶるとふるえている弥助に、男は笑った。

「そんなにこわがることないのに。なにもしない……とは言わないけど、そうひどい目にはあわせないからね。まあ、心配せずに待っておいで。悪いけど、先に片づけなきゃいけない仕事があってねえ。それがすんだら、ちゃんとおまえの相手をしてあげるから」

　男はそう言って、弥助のそばに立っていたおあきに、「水を持って来ておくれ」と命じた。言われるままに、おあきは部屋から出ていった。弥助には目もくれなかった。

「あ、あんた……おあきちゃんに、な、なにしたんだよ」

　弥助は無理やり声をしぼりだした。男はちょっと目をみはった。

「なんだ。おまえ、あの子の知りあいだったのかい？　ふうん。そうだったのか。それで、ここに来たわけだ」

　急に男は弥助に興味がなくなったようだ。ごそごそと、なにやら物を取りだしはじめた。小さな壺、刷毛、筆とすずり、布などが、横一列にならべられていく。おあきが運んできた水桶も置かれた。

　と、いったん男は部屋の外へ出て、すぐにまたもどってきた。その手には、腕が一本、かかえられていた。

「ひっ！」

　弥助は小さく悲鳴をあげた。

大きくて太い腕だ。だが、真っ白で、付け根のあたりには、細かなひびが入ってしまっている。作り物なのだ。

男は広げた布の上に、そっと腕を横たえた。それから壺の封を開けた。

むわっと、悪臭があふれた。腐った土のように重たく、沼の藻のような生臭さを含んだ臭いだ。

だが、男は眉一つ動かさず、刷毛を壺に差しいれた。そうして、刷毛を持ちあげると、ねとねとと糸を引くものがからみついていた。

男は作り物の腕に刷毛を滑らせはじめた。ていねいに粘液をぬりこめていく。だんだんと、ひび割れが薄れだした。

直しているんだと思ったところで、弥助ははっとした。

「……そ、その腕、もしかして、太一郎の……」

作業に熱中していた男が顔をあげた。

「あの若旦那とも知りあいなのかい？……この腕をこわしたのはおまえかい？」

「…………」

「図星のようだね。ひどいことをしておくれだねぇ。とてもていねいに作ったものだった

のに。あのやかましいお袋さんに、またさんざんわめかれてしまうよ」

弥助はまじまじと男を見た。さらに、男が持っている腕を、穴が開くほど見つめた。

なにを、この男は言っているんだろう？

これは太一郎の腕だという。それを作ったのは自分だと、男は言う。いったい、なにがどうなっているのか、まるでわからなかった。

弥助の混乱を見てとったのか、男がほほえんだ。

「あたしは人形師の虚丸っていうんだよ」

「人形、師……」

「そう。あたしが作る人形は、どれも特別さ。なんたって、生きた人間の顔やすがたを、そのまま写しとってこしらえるんだからねぇ」

虚丸は目をかがやかせながら、うれしげに語りだした。

「黄泉人形ってのを知らないかい？　死んだ人そっくりに作られる人形のことだよ。愛しいだれかが死んじまうと、人間の心に穴が開いちまうだろう？　その穴をうめるために作られるのが、黄泉人形さ。あたしが生まれた土地じゃ、どこの家にもいたねえ」

死人の名前で呼ばれ、大切にされる人形たち。生者の心が癒えれば、火にくべられ、浄化されるという。

「あたしは、黄泉人形をこしらえる家に生まれたんだ。でも、あたしは満足できなかった。あたしの作る人形は、人間以上に人間らしいんだもの。いっそ、本当の人間にしちまうことだって、できるんじゃないだろうか。あたしはその想いにとりつかれてしまったのさ」

虚丸は必死で学んだ。方々から術書を取りよせて、陰陽道、さらにはもっと闇の知識にまで踏みこんでいったという。

「里の者たちはそんなあたしをきらってねぇ。ついにはあたしを里から追いだした。それでも、あたしはへこたれなかった。人形を人形以上のものにしたいという願いは、あまりにも強かったのさ。……そして、その願いは奇妙な形でかなえられることとなった」

にたりと、虚丸は笑った。

「相棒ができたのさ。そいつはね、どうやってか、あたしの望みを嗅ぎつけて、話しかけてきた。力を貸してくれるって言うんだ。さいしょはおどろいたし、疑いもした。でも、とりあえず試してみることにしたのさ。……結果は大成功だったよ」

にたにたと、笑いが止まらぬ様子の虚丸。その笑みに、弥助は心底ぞっとした。

「あ、あんた……いったい、なにをやってるんだ？　なにを成功させたんだよ！」

「やれやれ。ここまで話して、まだわからないなんて、鈍い子だねえ」

少し機嫌をそこねたように、虚丸は鼻を鳴らした。

「あたしはね、人形を人間にしてるんだよ」

部屋の中が、一気に冷えた気がした。

ふるえだす少年に、虚丸は「これは人助けさ」と言った。

「大けがや病気で体がそこなわれた人の魂を、きれいな人形の体に移してやってるんだからね。元気になれば、その人も家族もよろこぶ。どうだい？　いいことだろう？」

「……体を人形にされて、よろこぶ人がいるわけないだろ？」

「そんなことはない。人形は、もともとその人そっくりにこしらえてあるから、魂もなじみやすい。移された人も、自分の体がもう生身じゃないってことに気づかないほどさ」

「うそだ！　そ、そんなこと、できっこない！」

「できるんだよ。ほら、あの太一郎って男もそうだよ。病気で死にかけていたから、人形にしてやったんだ。でも、自分ではそのことに気づいてない。あたしが心をこめてこしらえた人形だからね。ふふ、まあ、これも相棒の力があってのことだけど」

ここで、弥助は不思議に思った。虚丸の相棒とやらは、なぜ虚丸に力を貸すのだろう？

虚丸に同情したから？　いや、そんなはずはない。もっと別の理由があるはずだ。

「……見返りはなんだよ？　あんたは相棒に、いったいなにを渡してるんだ？」

「別にたいしたものじゃないよ。ただのごみさ」

「ごみ？」

「そうだよ。生き人形作りで出る、残りかす。それが、あいつのほしがるものなんだ。こっちとしては一石二鳥だよ。あの手のごみは、始末が大変でね。燃すのも捨てるのも埋めるのも、やっかいときてる。あいつが引きとってくれて、大助かりさ」

この男が、「ごみ」と言うもの。燃やすのも捨てるのもやっかいなものといったら……。

顔をひきつらせる弥助に、虚丸はうなずいた。

「ああ、そうだよ。いらなくなったもとの器さ。いやな言い方をするなら、死体だね。ま、しかたないことなんだよ。人形がもう新しい器なんだから、古いほうは当然片づけないといけないだろう？　同じ人間は二人いらないわけだし」

「だからって……ごみって……人、なんだぞ」

泣きそうな顔をしている弥助を、虚丸は不思議そうに見おろしていた。だが、興味を失ったように、ふたたび腕の修理をはじめた。

おあきはそのかたわらに立ち、作業を手伝っていた。動きは鈍いが、虚丸がなにか命じれば、そのとおりにする。

ああっと、弥助は目を閉じた。おあきのすがたを見ていられなかったのだ。

「おあきちゃんを……人形にしちまったんだな」

「そうだよ。ほんとはそのつもりはなかったんだけどね。だけど、羽冥が死体を片づけるところを見られちまったからね。ああ、羽冥ってのは、あたしの相棒だよ」

「………」

「とりあえず、うそあぶらっていう魔を憑けて、口封じすることにしたんだけど。この子ときたら、どういうわけか、そいつをはずしちまってね。しかたないから、人形にしてやったんだ。わびの気持ちをこめて、本当にていねいにこしらえたんだよ」

虚丸の言葉は、弥助を絶望の沼へと叩きこんだ。

（おれが、うそあぶらを落としたりしなければ……おあきちゃんはまだ生きてたかもしれない。うそつきとして、みんなにきらわれたとしても、死ぬことはなかったかもしれない）

ふるえながら、弥助は虚丸をにらみつけた。生まれて初めて、殺したいと思うほどの憎しみがこみあげてきた。

「この、人でなし！　なにが人助けだよ！　お、おあきちゃんを人形にしやがって！　こ、殺したんだぞ、ばかやろう！」

「殺したんじゃない。永遠に死ぬことのない体にしてやっただけだってば。この子だって、案外よろこんでいるかもしれないじゃないか」

「そんなこと、あるわけないだろ！　なに言ってんだ！　だ、だったら、おまえが人形になれってんだよ！」

「ああ、いずれはそうするつもりだよ」

言葉を失う弥助の前で、うっとりと虚丸は目をうるませた。

「いいねぇ。人形になれば、ずっと清らかでいられる。ああ、あたしの本当の望みはそこなんだよ。あたしは人形になりたいのさ！」

「……本気、なのか？」

「もちろんだよ。いまね、あたし自身の人形を作ってるとこなんだよ。羽冥がもう少し力をつけたら、その人形にあたしの魂を移してくれるって。ああ、そのときが来るのが、ほんとに待ち遠しいよ！」

「…………」

「だいじょうぶ。おまえを仲間はずれにはしないからね。おあきと対の人形にしてあげるよ。ずっとずっといっしょにいられるんだ。うれしいだろう？」

弥助ににこりと笑いかけたあと、虚丸はまた例の腕を熱心にいじくりだした。いつのまにか、あのひび割れはきれいに直っていた。

「よし。肌はこれでいいとして、これをくっつけるとなると、やっぱりつなぎが必要だね。羽冥に頼まなきゃ。ちょうど日も暮れたころだし、そろそろあいつも起きるだろう」

立ちあがったところで、虚丸はくるりと弥助のほうをふりむいた。

「せっかくだから、最後まで見せてあげるよ。あたしがどうやって生き人形を作っているか、知りたいだろう？　おあき。その子を奥へ連れといで」

虚丸に命じられ、おあきがふたたび動いた。弥助のえりをつかんで、引きずりだす。ずるずると、かびくさい床を引きずられ、弥助は奥の一間へと連れこまれた。

そこそこ広いその部屋は、生暖かいよどんだ空気に満ちていた。

そして、籠がたくさんあった。大小様々な鳥籠、虫籠が、積み重なるようにして置いてある。

ほとんどの籠に、なにかが入っていた。

物、ではなかった。動いていたし、いくつかは「やめて」とか「出して」とか、か細く声をあげている。言葉にならないうめき声やすすり泣きも混じっている。

と、かすかな声が、弥助の名を呼んだ。

「や、すけ……」

弥助は声がしたほうに目をこらした。

四角い大きな籠の中に、津弓がいた。真っ白な顔をし、頬がげっそりとこけている。

たった一日で、こんなにやつれてしまうとは。

胸を痛めながら、弥助はそれでも大声で呼びかけた。

「津弓。だいじょうぶか？　苦しいのか、おい！　なんだよ！　しっかりしろって！」

「……ん」

「津弓！　月夜公がおまえを捜してるぞ！　もうじきここに来てくれるから！　だから、それまでがんばれ！　いいな！　がんばるんだ！　津弓！　おい、津弓ってば！」

くりかえしさけぶ弥助の襟首を、虚丸がぐいっとひっつかんだ。そのまま、まるで猫の子をつかみあげるように持ちあげると、虚丸はしげしげと弥助を見つめた。

「おどろいたね。おまえ、妖怪とも知りあいなのかい？　不思議だねえ。おまえなんて、どこにでもいそうな小僧っ子なのに。……おまえ、何者なんだい？」

「おれは、弥助だ！」

弥助は身をよじりながらわめいた。

「おれは妖怪の子預かり屋なんだよ！　おまえこそ、な、なんなんだよ！　なんで妖怪を閉じこめてんだ！　人間を人形にしてるだけじゃなかったのかよ！」

なんでなんでとさけぶ弥助に、虚丸はきょとんとした目を向けた。どうしてそんなことを聞かれるのか、わからないという目だ。

「なんでって、そりゃ人形作りに必要だからだよ。人の魂ってのは、本来、温かい生身に宿るものだ。それを人形に宿らせるには、どうしたってつなぎがいる。つまり、のりだよ。そののりに、あたしは妖怪どもの魂魄を使っているのさ」

このやり方は羽冥が教えてくれたと、虚丸は楽しげに言った。

「あいつが相棒になってくれて、本当によかったよ。あいつのおかげで、あたしの道は開けたんだ。感謝してもしきれないくらいさ」

「ふ、ふざけんな！　妖怪たちを人形作りに使うなんて、恥ずかしくないのかよ！」

弥助の怒りに、虚丸は目を丸くした。と、はじけるように笑いだした。

「おかしなことを言うね。人のくせに、なんだって妖怪の肩を持つんだい？　妖怪なんか、闇からこぼれて生まれる、ろくでもない虫のようなものじゃないか」

「なっ！」

「妖怪の中には、人に悪いことをするやつもいる。いわば、あたしは妖怪退治をやってるようなもんさ。ね？　世のため人のためになってるだろう？」

　こじつけだと、弥助は思った。人をよろこばせるため？　人助け？　でたらめだ。虚丸が人形を作るのは、自分の心を満足させるため。この男は自分以外のことは、どうだっていいのだ。

　そしてもう一つ、わかった。近ごろ、子妖たちをかどわかしていたのは、虚丸だったのだ。

　顔を真っ赤にして怒っている弥助を、虚丸はふたたびのぞきこんできた。

「それより、おもしろいことを言ったね。妖怪の子預かり屋だって？　つまり、子妖怪たちを預かる仕事をやってるってことかい？　人のくせに？」

「ああ、そうだよ！　だから、いっぱい強ぇ妖怪と知り合いなんだからな！　くそ！　もうすぐだ！　もうすぐ、妖怪たちが助けにきてくれる。そうなったら、おまえがやったこと、ぜんぶ言ってやる！　八つ裂きにされちまえばいいんだ！」

さけぶ弥助を、虚丸はせせら笑うように見た。

「下手な希望は持たないほうがいいよ。だって、ここは羽冥が作った結界の中だもの。さらってくるときだって、匂いも痕も残さず、気をつけてさらってきたんだ。どんな力を持つ妖怪にだって、ここは見つけられっこない」

「………」

だまりこむ弥助の頰を、虚丸はやさしくなでた。

「もういいかげん、観念しておしまい。そのほうがずっと楽になれるんだから」

返事をするかわりに、弥助は虚丸の指に嚙みついた。思いきり歯を立て、ぎりぎりと食いしばる。口の中に、しょっぱい血の味があふれた。

とたん、なぐられ、弥助は床に転がった。

それでも弱みを見せまいと、弥助は虚丸をにらみつけようとした。そして、はっとなった。虚丸が、自分の指をじっと見つめていたのだ。

虚丸の人差し指と中指に、ぱっくりと傷が開いていた。たらたらと、血が手首のほうへ流れていく。それを見つめる虚丸の目には、なんとも言えない嫌悪の色がうかんでいた。

「血……。きたないねぇ。ほんと、あたしは血ってやつが大きらいだよ。赤くって、臭くって、べたべたしてて。こんなのが自分の体を流れてるなんて、ぞっとする」

いやそうにつぶやいたあと、虚丸はようやく弥助に向きなおった。その顔からはいっさいの表情が抜けおちていた。

「おまえ……よくもあたしの指を傷つけておくれだね。これじゃ、しばらく人形を作れないじゃないか。ああ、よっくわかったよ。おまえなんか人形にしてやるもんか。……もういらない。おまえなんか、ただで羽冥にくれてやるよ」

「ふ、ふん！　そ、その前に、助けが来るさ！　羽冥ってやつが来る前に、みんなが来てくれる！」

ばかだねと、虚丸の目の奥が光った。

「羽冥はもうとっくに来ているんだよ。そもそも、さいしょからここにいるんだからね」

そう言って、虚丸は天井を見あげたのだ。

9 羽冥

弥助もつられて、上を見た。

暗い部屋の天井に、ぼんやりと白くうきあがっているものがあった。

丸めたふとんのような大きいもので、天井板と太い梁の間に、すっぽりと収まっている。

よく見ると、それは動いていた。呼吸をしているかのように、かすかにうねっている。

さらに耳を澄ますと、熟れた柿をつぶして、すすっているような湿った音がした。

「うん。もう起きてるようだね。おい、羽冥。羽冥ったら」

湿った音がやみ、天井の白いふくらみから声が落ちてきた。

「う、ろまる……」

たどたどしい、耳ざわりな声だった。

「いま、食べ、てる。邪魔、するな」

「おやおや、そう冷たく言うもんじゃないよ。また餌を持ってきてやったんだから。脱皮したばかりで腹が減るんだろう？　それとも、いらないのかい？」

「え、さ……ほし、い」

「そんなら出てきとくれ。でね、食べる前に、いつもの、あれをね」

むうっと、天井のふくらみが大きくもりあがった。その先端がぴりぴりと破けて、なにかがもがきながら出てきた。

現れたのは、奇怪な塊だった。人間の大人よりも大きく、ぶよぶよとして節だらけだ。全体は黒く、きたならしい灰色のしみが点々とうかんでいる。そして、ぬらぬらと、粘液にまみれていた。

芋虫だと、弥助は気づいた。

同時に、天井の白いふくらみの正体もわかった。繭だ。この芋虫の寝床であり巣なのだ。ぬるんと、ついに芋虫が全身を現した。はちきれんばかりの体には、短い赤子のような手が無数にはえていて、それで天井板に逆さにはりつく。そして、ぐうっと、頭だけ下にのばしてきた。

その頭は人間のものだった。

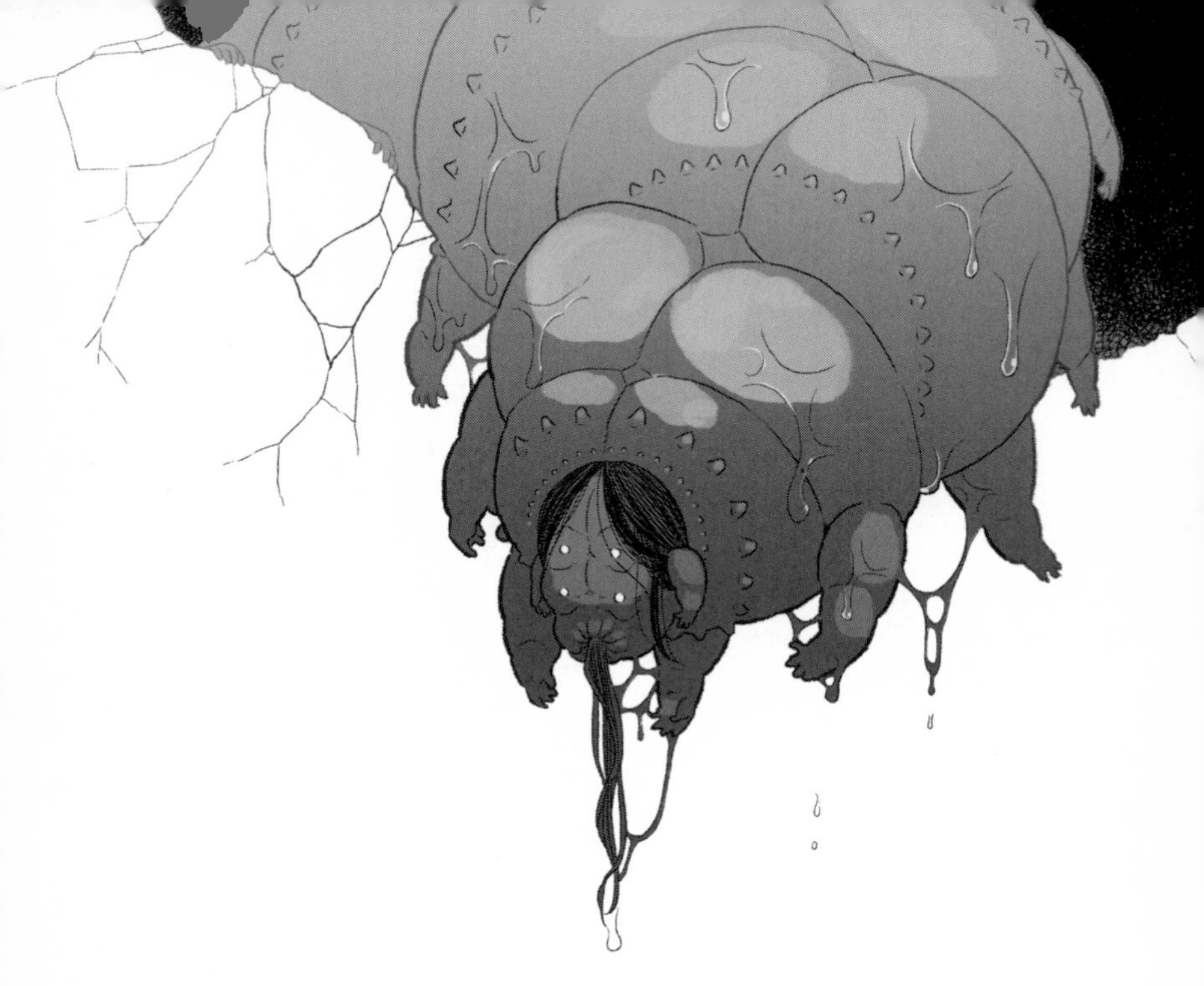

　まばらにはえた髪が、薄べったい灰色の顔にはりついている。小さな白い目が四つ、そこに埋めこまれていた。鼻はなく、小さなおちょぼ口があるだけだ。

　天井にはりついたまま、そいつは首をのばして、弥助に不気味な顔を近づけてきた。

　頭からかじりつかれてしまうのかと、弥助は思わず絶叫した。

　だが、おそれていたことは起こらなかった。

　虫は首を回し、今度は虚丸へと向きなおったのだ。怒ったように目が光りだしていた。

「まだ、生き、てる、じゃない、か」

「だいじょうぶ。すぐにおまえが食べられるように、首を絞めてしまうから。その前に、ちょいとあれを出してくれないかい？　今回は修理用に必要でね。だから、そんな元気のいいやつでなくていいよ。そうだね。そこの弱っているやつでいいと思う」

そう言って、虚丸は津弓の籠を指差したのだ。

芋虫が動きだした。天井を這い、壁を伝い、津弓の籠へと近づいていく。

弥助の首筋の毛が逆立った。

このままでは津弓の身におそろしいことが起きてしまう。

なんとかして食いとめたいと、弥助は芋虫に向かって声をはりあげた。

「う、羽冥！　羽冥！」

ぴたりと、そいつの動きが止まった。

ふたたびこちらを向く不気味な顔に、弥助は話しかけた。

「羽冥。あ、あんたは羽冥ってんだろ？　なんで、こんなことするんだい？　う、羽冥も妖怪なんだろ？　それなのに、同じ妖怪をこんな目にあわせるなんて。どうしてそんなこと、するんだよ？　かわいそうだって、思わないのかい？」

「かわい、そ、う……？」

「そうだよ。だって、相手は同じ妖怪だろ？　仲間にこんなことするなんて、わ、悪いことだと思わないのか？」

しばらくの間、羽冥はだまっていた。それは、弥助の言葉の意味を、ゆっくりと噛みくだき、飲みこんでいるような間だった。

やがて羽冥は答えた。

「仲間、じゃない……」

「え？」

「仲間、じゃない。羽冥、は、骸蛾。骸蛾の仲間、は、骸蛾、だけ。……羽冥、は、卵を産む。たくさん、たくさ、ん……」

そのためにはたくさん食べて、力をたくわえなければいけないのだと、羽冥は言った。

「死肉、が好き。人、の死体を、やわらか、くして、すする。でも、羽冥、は生身の、人間には触れ、られない。人間、が、たくさんいても、獲って食う、ことはで、きない。虚、丸が死体をく、れる。だから、虚丸のた、めに、羽冥、は子妖、を捕まえ、る」

「だけど、いくら餌のためだからって……なんで、そんなひでぇこと、できるんだよ！」

「ひ、どくない。他、の妖怪た、ち、が羽冥に、餌をくれ、るか？　カ、をくれる、か？　くれる、のは、虚丸、だけ。だから、羽冥、は虚丸、の望み、をかなえる。虚丸、のため、糸を、作る」

「糸？」

「羽冥、の糸は、特別。妖怪ど、もの魂、魄をねりあ、げて作、る。いい糸、を作れ、ば、虚丸、はたく、さん、餌くれ、る」

「ふふふ。あの糸のためなら、いくらだって死体を用意するよ。ふふふ」

虚丸の笑いに合わせて、羽冥が体をゆらす。なんともおぞましい笑いあいだ。

そこに、ぎりぎりという音が混じった。弥助の歯ぎしりだ。

「……そんなことのために、子妖たちを殺したのかよ！」

「殺した？　人聞きの悪いこと言わないでおくれよ。殺してないよ。ただ魂魄を抜きとって、糸にしてるだけさ。ほら、見てごらん」

虚丸は奥のほうの籠から、なにかをつかみだし、弥助の目の前に差しだした。

男の白い手のひらに乗っていたのは、ねずみほどの大きさの狸だった。毛並みは黒く、かわいらしい赤いちゃんちゃんこを着ている。

「豆狸！」

弥助がさけんでも、豆狸はぴくりとも動かない。だが、その腹はかすかに上下していた。

「ね、このとおり、生きてるだろ？　魂魄ってのはね、体と魂を結びあわせているものなのさ。だから、生き人形に魂を移すときに、かならず必要なんだ」

「……」

「だけど、ちょいと困るんだよね。魂魄を取ったあとの妖怪どもの体が邪魔でねぇ。外に出すわけにはいかないし、羽冥に食ってもらうわけにもいかない。どんどん増えていく一方だし……そろそろこのねぐらも捨てたほうがいいかもしれないね」

いったい、どれほどの子妖たちが魂魄を取られてしまったのか。弥助は背筋が寒くなった。

と、羽冥がいらだったようにうなった。

「虚丸、おしゃべ、りが長い」

「おっと、ごめんよ。じらすつもりはなかったんだけどね。なにしろさ、この小僧、ちょっとおもしろいやつでね。人のくせに妖怪と知りあいなんて、めったにないよ」

「妖怪、と知り、あい……」

羽冥が弥助を見た。白い四つの目玉がちかちかと光った。

「お、まえ、知ってる……前、に、会った。夜、糸が切れるの、を、感じた。獲物、だと思った、のに、行って、みたら、人間だったか、ら、がっかりした」

弥助も思いだした。あかなめの親子に頼まれて、風呂屋の札をはがしたときのことだ。

「あれは……羽冥だったのか」

おどろいている弥助を、虚丸は興味深そうにのぞきこんできた。

「なんだ。おまえ、羽冥にまで会ってたのかい？　いつ？　どうやって？」

「……妖怪の親子に頼まれたんだよ。変な札が邪魔をしてくるから、はがしてくれって。そいつをはがしたら……いやな気配がした。おれに迫ってきて……なんだ、人間かって言って、消えたんだ」

「ああ、なるほどね。あの札は、羽冥の糸で作ったもんだよ。弱い妖怪が触れると、そいつに印がついて、羽冥は居所がわかるってわけ。まあ、蜘蛛の巣のようなもんだね」

ちなみに、あちこちに札をはっていったのは自分だと、虚丸は得意げに言った。

「さいしょのころはずいぶんと捕まえられたんだけどね。最近はなかなか引っかかってくれないんだよ。また新しい手を考えないと。……まあ、それは後回しだ。羽冥、とりあえずそこの子妖怪で糸を作っとくれ。人形の腕を直すのにどうしても必要なんだ。作ってくれたら、この小僧の首を絞めて、おまえの餌にしてやるから」

「わかっ、た」

ふたたび羽冥が動きだした。手をのばし、籠から津弓を引っぱりだす。

「津弓！　逃げろ！」

だが、津弓は気を失っているのか、なすすべもなく羽冥に抱きかかえられてしまった。

と、羽冥の奇怪な顔が、べろりと、布のように上にずれた。その下から現れたのは、真っ白な細い糸束のようなものだった。うねうねと、一本一本がうごめいている。

羽冥の舌だと、弥助は気づいた。

まるでそうめんを吐きだすように、羽冥はたくさんの舌をのばしていく。その先が向かうのは、津弓の口だ。

ここで津弓がようやく目を開いた。自分に迫るものを見て、その口がぽかんと開く。

「な、に……？」

津弓の口に、羽冥の舌がどっと入りこんだ。小さな体がびくんとはねあがった。が、しっかりと抱きかかえられているため、逃げられない。

弥助がもうだめだと、思ったときだった。

「ぐえっ！」

異様な声がして、弥助の横をなにかがかすめていった。

ふりかえれば、床に青い氷の塊が突きささっていた。大人の手のひらほどもあり、縁は刃のようにするどく、ぎざぎざしている。

見れば、氷塊はそこら中に飛びちっていた。中には天井や壁板を突きやぶったものもあるらしく、大きな穴も開いている。

そして、弥助は見たのだ。羽冥が津弓を放りだし、壁からぼとりと落ちるのを。

鳥につつかれた地虫のように、羽冥は体をぎゅうっと丸めた。あちこちに傷ができ、黄色い体液があふれだしている。氷に傷つけられたにちがいない。

そして、津弓はというと、こちらは無傷だった。ただ、全身から白く冴え冴えとした光をはなっている。目は開いていたが、青い玉のように変化して、まったく感情が失せていた。

魂魄を抜かれたのかと、弥助はぞっとした。

だが、それにしては羽冥の様子がおかしかった。虚丸もあわてふためいており、「どうしたんだい、羽冥！　だいじょうぶかい！」と、おろおろと、羽冥をのぞきこんでいる。

いまなら気づかれない。

弥助は体を転がし、ななめうしろにあった氷塊へと近づいた。床に刺さった氷の縁に、手首のいましめを近づける。

ぎり、ぎりり。

数回こすっただけで、縄はすっぱりと切れた。

長く縛られていたせいで、体がしびれて、うまく動けなかったが、それでも這うようにして津弓に近づいた。

津弓はあいかわらず銀色に光っていた。近づくと、冷気をはなっていることもわかった。

「お、おい、津弓。だいじょうぶか。しっかりしろ！」

虚丸たちのほうを気にしながら、弥助は声をひそめて呼びかけた。

と、津弓が目を閉じた。同時に、体の光と冷気がすっと消えさった。

いったいなにがあったんだと、弥助はあっけにとられた。そのときだ。どすどすっと、足音も荒く、虚丸が駆けつけてきた。目がつりあがっていた。

「このがき！　う、羽冥になんてことしておくれだい！」

吼えるなり、虚丸は動かぬ津弓をつかみあげた。

「やめろ！」

弥助は虚丸の足にしがみついたが、蹴飛ばされ、あっけなくふっ飛ばされた。

虚丸は津弓をがくがくとゆさぶった。

「なにをやったんだい！　この！　寝たふりするんじゃないよ！　羽冥になにをしたんだい！　あいつの舌が凍りついてるじゃないか！」

そのとおりだった。羽冥の舌は、青く凍りついていた。もはやぴくりとも動かせない状態だ。

そして、その羽冥を見たとき、弥助の頭に、ある考えがひらめいた。

一か八か、やってみるしかない。ぐずぐずしていたら、虚丸が津弓を殺してしまう。

意を決して、弥助は立ちあがった。

「うわあああっ！」

自分でもわけのわからない声をあげながら、弥助は思いきり羽冥に飛びついた。

羽冥の体にはなんとも言えない弾力があった。しかも、じっとりと湿っていて、冷たくて、ひどい臭いがする。それをがまんし、弥助はぎゅうっと羽冥にしがみついた。

直後、大きな衝撃が来た。羽冥がはねあがったのだ。まるで焼きごてを押しあてられたかのように、のたうちまわる。

やっぱりかと、弥助は勝ち誇った。

羽冥は、生きた人間に触れられないのだ。

羽冥のようなものにとっては、生身の人間は、強すぎる毒のようなものなのだろう。そうでなければ、羽冥は自分で人を襲って、その死体をむさぼっていたはず。虚丸と取引する必要もなかったはずだ。

自分の肌の下で、羽冥の肉が溶けていくのを、弥助は感じた。

「ぬううっ！　おおおおおっ！」

転がりまわる羽冥。何度も重たい体の下敷きにされ、そのたびに、弥助は内臓がつぶされるような気がした。

虚丸の金切り声が聞こえた。

「羽冥！　動くんじゃない！　あたしがその小僧をひっぺがして……羽冥！　聞こえないのかい！　くっ！　おあき！　あの小僧を捕まえるんだよ！　羽冥から引きはなすんだ！」

虚丸の命令に、おあきはすぐに動いた。のたうつ羽冥の巨体におそれる様子もなく近づく。

ばきっと、いやな音がした。羽冥の体になぎはらわれ、おあきののばしかけた右腕があらぬほうへ曲がったのだ。

だが、おあきはひるまない。痛みも感じていない様子で、さらに近づいてきた。そうして、ばっと羽冥に飛びついた。そのまま両足と左手だけで、ぬるぬるとした妖魔の体を器用に這いあがる。

その小さな手がついに弥助の足首をつかみ、ひねりあげてきた。

足首がねじきられるような痛みに、弥助は手をはなしてしまった。

どこんと、床に叩きつけられた。すぐさま虚丸が駆けよってきた。

「このがきめ！　よくもよくもよくも！」

怒りのままに、虚丸が足をふりあげるのが見えた。

ああ、これでおしまいなのかと、弥助はふっと気が遠くなった。

10　人形をこわせ

はっと気づいたとき、弥助は自分が生きていることにまずおどろいた。

いや、生きているはずがない。あの虚丸が、羽冥を傷つけた弥助をそのまま生かしておくわけがない。ということは、とうとう自分も人形にされてしまったのか！

「う、うわああああああっ！」

恐怖にのみこまれ、頭をかかえる弥助を、だれかがぎゅっと抱きしめてきた。

「だいじょうぶ。だいじょうぶだよ、弥助」

その声に、弥助はああっと息をついていた。

千にいだ。これは千にいの声だ。だとしたら、夢を見ているのだろうか。

弥助はおそるおそる顔をあげた。そこにいるのはたしかに千弥だった。

「せ、せ、千にいぃ……き、来てくれ、たんだ……」

「当たり前だよ。でも、今回ばかりは少々あせったよ。……間に合わないかと思った」

「お、おれ、どうして助かっ……千にいは、ど、どうしてここに？」

「久蔵さんが教えてくれたんだよ。あとでよくお礼を言うんだよ」

月夜公につきあって、津弓捜しをしていた千弥だが、なにやら胸騒ぎを感じた。そこで夕方にいったん家に帰ったのだという。ところが、弥助はおらず、争ったあとが残っているではないか。

これは弥助の身になにかあったにちがいない。

あわてて外に飛びだしたところ、久蔵と出くわした。弥助を見なかったかとたずねると、久蔵は「そのことで来たんだよ」と答えたという。

「じつはさ、昼ごろにおれのはとこを見かけたんだよ。なんか様子がおかしかったけど、関わりあいたくもないやつだから、すぐに道の脇に身を隠したんだ。そうしたら、お次は弥助がやってきてさ。どうも、はとこの野郎のあとをつけてるみたいだったんだよ」

「行かせたんですか、そのまま！」

「そ、そんなこわい顔しないでおくれよ！　しょうがなかったんだよ！　弥助に声をかける前に、知りあいにとっつかまっちまってさ。金を返せって、そりゃもうしつこくて」

やっとのことで逃げだしたときには、弥助もはとこも見失ってしまったのだと、べそべそと久蔵は言ったという。

とにかく、弥助がわけもなく男のあとをつけていくはずがない。

これはなにかあると悟った千弥は、久蔵と別れるなり、すぐさま月夜公を呼びだした。

津弓探索を邪魔されて、月夜公は激怒したが、「弥助が津弓の居所の手がかりをつかんだようなんだよ。弥助の匂いをたどっておくれ。そこに津弓もいるはずだ」と、てきとうなことを言って、その気にさせたという。

「そしたら、ほんとにそうだったからね。こっちもびっくりしたよ。うそから出たまことってのは、ほんとにあることなんだねぇ」

「千にい……月夜公にでまかせを言うなんて、こわいもの知らずにもほどがあるよ」

あきれる弥助に、千弥の表情がきびしくなった。

「そんなことより！　どうしておまえは、わたしがいないときにかぎって無茶をするんだい？　おかげで、生きた心地がしなかったよ！」

「ごめんなさい……太一郎に襲われて、暴れてたら、あいつの腕がもげちゃって……とにかく、あとをつけなくちゃって思って。……ごめん。頭ん中いっぱいで、書き置きとかも、ぜんぜん思いつかなかったんだ」

「まったく！　冗談じゃないよ。どれほど心配したか。竹林の中で匂いが途切れたときなんか、本当にもう……ほんと、ずいぶん捜したんだよ。この近くにいるとわかるのに、ぜんぜん気配がなくて。別のところを捜しに行こうとしたところで、突然、この家が現れたときには、びっくりしたさ」

「家が現れたって……それまで見えなかったわけ？」

「ああ。たぶん、強い結界で隠されていたんだろうね。それがどういうわけかこわれて、急に見えるようになったようだ」

「で、おれたちを見つけたんだね？　つ、津弓は？」

「月夜公が連れて帰ったよ。すぐに術をほどこさないとあぶないって、泡を食って飛んでいったね。ま、大事な甥のことでもあるし、しくじりはしないだろうさ」

「……つまり、津弓はだいじょうぶってことだね？」

弥助は胸をなでおろした。

だが、ここで、弥助は虚丸たちのことを思いだし、一気に青ざめた。

「せ、千にい……あいつらは？」

「ん？　あの妙(みょう)なやつらかい？」

「う、ん。虚丸(うろまる)と羽冥(うみょう)……あ、あいつら、どうなった？」

ふっと、千弥(せんや)が笑(わら)った。全身の毛が逆(さか)だつような、すごい笑(え)みだった。

「おまえを手ひどく扱(あつか)った連中(れんちゅう)を、わたしが許(ゆる)すと思うかい？　もちろん、きっちり落とし前はつけてやったよ。ってことで、この話はもうおしまいにしたいね。……少々不愉快(ふゆかい)な目にもあったんでね」

苦々しげな千弥(せんや)に、弥助(やすけ)は目をみはった。いま初(はじ)めて気づいたのだが、千弥(せんや)の唇(くちびる)が、ぴりっと、小さく切れている。ちょっと腫(は)れてもいるようだ。

なにがあったんだと思いながら、弥助(やすけ)はまわりを見まわした。自分たちがまだあの家の中にいることがわかった。だが、山のようにあった籠(かご)はすべてこわされて、中にいた子妖(こよう)怪(かい)たちのすがたはない。天井(てんじょう)にあった羽冥(うみょう)の巣(す)も、きれいに消(き)えうせていた。

「子どもたちは？　どうなったの？」

「月夜公(つくよのぎみ)の配下どもが、あとから駆(か)けつけてきてね。魂魄(こんぱく)を抜(ぬ)かれてない子は、その場で籠(かご)から出して、逃(に)がしてやってたよ」

「……抜(ぬ)かれちまってた子たちは？」

「連れていった。子どもたちの魂魄が使われている人形をすべてこわして、子どもたちを目覚めさせると言っていたから、だいじょうぶだろう。ただ、この人形だけは残してもらったよ」

そう言って、千弥は身を横にずらした。そのうしろから現れたのは、おあきだった。

「おあきちゃん！」

おあきはひどいありさまだった。右腕は変な具合に折れまがり、顔や喉にひび割れができている。くたりと、膝をついており、動く気配がない。

「おあきちゃん！　お、おあきちゃん、おれだよ！　弥助だよ！　しっかりしなって！」

「その子にいくら呼びかけても、むだだよ」

「なんで！　こ、こわれちゃったから？」

「いいや。まだこわれてはいないよ……この娘の魂は、もともと中途半端に人形に結びつけてあるそうだ。作り手の意のままに動く、本物の木偶に作られているんだよ」

弥助は涙をうかべながら、こわれかけたおあき人形を見つめた。これはおあきだ。ここにはまだおあきの魂が宿っている。でも、もう……。

「このまま、には、しておけない、んだよね？」

「弥助はわかっているはずだよ」

「うん……」

わかっていた。このおあき人形があるかぎり、一人の子妖が目を覚まさない。虚丸によって作られた生き人形は、一体たりともこの世に存在してはいけないのだ。

それでも、はげしく心がゆれた。まだ死なせたくないんだと、さけぶ声がする。

だが、弥助はついに、その声をねじふせた。

「千にい……」

苦しげに声をしぼりだす弥助を、千弥はやさしくなでた。

「わたしがこわすよ。いいね？」

「う、ん……こわして。おあきちゃんを、自由にしてやって」

「わかった。……手早くやってしまうからね」

その言葉どおり、千弥は素早く人形をこわした。

かたんと、床に倒れたおあきを見て、弥助は自分でもおどろいたことに、ほっとした。

そこに転がっているのは、もう、ただの人形でしかなかった。おあきの気配はどこにもない。無理やり縛りつけられていた器から、おあきは晴れて自由の身となったのだ。

（おあきちゃん……いっしょににぎりめし、食いたかったな）

悲しみと無念とわずかな安心感を胸に、弥助は千弥を見た。

「……ありがと、千にい」

おあきの魂が人形から解きはなたれる瞬間を、自分の目で見ないかぎり、弥助の心にはかならず悔いが残る。そうわかっていたからこそ、千弥はおあき人形を残したのだ。その思いやりに、弥助は深く感謝した。

「……帰ろう、千にい」

「ああ、そうしよう。立てるかい？　なんなら、おぶってやろうか？」

「や、やだよ！　そんな子どもじゃ

ないんだから！　一人で歩けるって！」

「ほんとかい？　だけど、あの人形師がおまえを蹴ってただろ？　それにほら、頭にも大きなこぶが……やっぱりわたしが運んで……」

「いいってば！」

二人がぎゃいぎゃいやりあっていたときだった。ふいに、風のように月夜公が現れた。いつもながらのいきなりの現れ方だ。

だが、弥助は別の意味でおどろいた。月夜公の半面の仮面がひびわれていたのだ。まるで、だれかにこぶしを叩きつけられたかのように、へこんだところもある。

まさかと、弥助は冷や汗をかいた。

「……もしかして、二人でやりあったの？」

ぷいっと、千弥と月夜公は顔を背けあった。

「こいつがね、聞きわけのないことを言うものだから、腹が立ってね」

「なにが聞きわけがないじゃ！　自分の都合のいいように言いつくろうでないわ！」

「あの人形師は弥助のことを蹴ってたんだよ！　わたしが息の根を止めるのが筋ってものだ」

「まぬけめ！　かわいい津弓をさらって、あやうく殺しかけたやつじゃぞ！　骸蛾の妖虫も含めて、吾の獲物に決まっておろうが！　それを、うぬがごねるから、骸蛾のほうはくれてやったではないか。ありがたく思え」

「ふざけんじゃないよ！」

　ふうふうと、火のような息を吐きながら、千弥と月夜公はにらみあった。

「勝手に人形師を連れさっておいて、屁理屈を言うとはいい度胸だね。……言っとくがね、わたしはまだ納得しちゃいないんだよ。……きちんとそれ相応のものを、あいつにくれてやったんだろうね？　え？　そうじゃなかったら、承知しないよ」

「うぬに言われるまでもない。地獄がなまぬるく思えるほどの刑をやつにはくれてやったわ」

「どんなことをしたんだい？」

　にっと、月夜公が笑った。

「檻に入れてやったわ」

「なんだい？　閉じこめただけかい？」

「むろん、そんなものではないわ。やつめは、血肉をきたないと思いこんでおるようでな。

自らを人形にして、清く生きるのが望みであったらしい。じゃから、檻の中に入れ、人形作りに必要な材料をぞんぶんに与えてやった。見事な人形を作ってみせよと、命じたのよ」

作ってみよ。おのれとそっくりな、なりかわれるような人形を。さすれば、それに魂を移しかえてやる。

月夜公の言葉に、いま、虚丸は囚われたことも忘れ、夢中で人形作りをはじめたという。

「で、その人形ができたら？」

「むろん、打ちこわす。やつめの目の前でな。やつは嘆くであろうが、いずれ立ちなおる。前のはできが悪かったからこわされた。今度こそ完全なものを作れば、願いはかなえられよう。その希望を持って、また新たな人形を作るじゃろう」

だが、どのような人形を作っても、月夜公はそれをこわすのだ。それがくりかえされる。幾度となく、無限に……。

弥助は背筋が寒くなった。

だが、千弥はちがった。これまた、にっと笑ったのだ。

「いい手だ。人形をこわされるたびに、やつは自分が死ぬような苦痛を覚えるだろうよ。

……こうなると、骸蛾をあっさり刻んでしまったのは、まちがいだったかね」

「そうじゃそうじゃ。おおいに反省するがよいわ」

放っておくと、延々とつづきそうだったので、弥助はたまらずに口をはさんだ。

「あの！　つ、月夜公！　津弓は？　津弓はどうなった？」

「あの子はもうだいじょうぶじゃ。だいぶ弱ってはいたがの。一晩寝ておれば、元通りになろうて。まったく、運の強い子よ。……うぬに聞きたいことがある、弥助」

急に改まった様子で、月夜公は弥助と向きあった。

「津弓になにか変わったことはなかったかえ？　いつもとちがうすがたになりはしなかったかえ？」

「えっと……そういえば、体が光ってたな」

弥助は自分が見たものをすべて話した。羽冥が津弓の魂魄を取ろうとしたとき、突然、氷の塊がまきちらされたこと。津弓の体が光り、目が青くなっていたこと。

やはりかと、月夜公はうなずいた。

「追いつめられたことで、津弓の封印の一つがはずれ、力が放出されたのじゃな。……じゃが、今回はそれでよかった。津弓が力をはなたなければ、骸蛾の結界が内側から破れることはなく、吾らがあの家に気づくこともできなかったであろうよ」

「え……あの、津弓が結界を破ったってこと？　でも、津弓は妖気違えってやつなんだろ？　妖気違えって、弱いんじゃないの？」

「……その逆よ」

月夜公の唇がゆがんだ。

「妖気違えの子は、二つの妖気を持っておる。つまり、それだけ他の妖怪よりも強いということじゃ。じゃが、この二つは互いに相容れぬもの。つねにぶつかりあい、衝撃波を生み出しておる。それに耐えきれず、体のほうがこわれてしまうのよ」

だからこそ、いくつもの封印で、津弓の妖気を抑えなくてはいけない。それでも、完全に封じることはできない。内側からぎりぎりとこじ開けてくるので、三日に一度は封印をかけなおすのだという。

「津弓は一生、この力を使いこなすことはできまい。これは使える力ではないのじゃ。破壊の力でしかないのじゃ」

「……かわいそうだ」

「ふん。うぬに哀れまれるほど、津弓は不幸ではないわ。勝手に決めつけるでない」

憎まれ口を叩きながら、月夜公はくるりと背を向けた。

「まったく。骸蛾の始末を見届けに来ただけだというに、とんだ時を食ってしまったわえ。早く津弓のもとにもどってやらねば」

月夜公のすががかき消えると、千弥は肩をすくめた。

「いやほんと、素直じゃないやつだね。弥助が心配してるだろうから、津弓の無事を知らせにきたと、そういえばいいものを」

「……月夜公にそんな思いやりなんて、あるかな？」

「あれはあれで、なかなか情が深いんだよ。ほら、津弓が仙薬を持って来てくれたことがあっただろう？　あれは月夜公がそう差しむけたのさ。そうでなければ、わざわざ津弓の前でそんな話をするものかね。弥助に薬を届けてやりたいけど、自分で持っていくのはいやだし、そもそも弥助のことを気づかっているなんて、死んでも知られたくない。だから、甥っ子を使ったんだよ。あいつはそういうへそ曲がりなやつなのさ」

「なんでそんなことわか……なあ、千にいと月夜公って、どんな関わりがあるわけ？　今日こそ聞かせてよ？」

「そのうちね。そんなことより、うちに帰るよ。さ、ほら、わたしにおぶさりなさい」

「やだよ！　だって、きゅ、久蔵に出くわしでもしたら……またからかわれる」

「久蔵さんなら、借金取りに捕まってるさ。さあ、これ以上だだをこねるんじゃないよ。……それとも、まだわたしに心配かけるつもりかい？」

「うっ……」

これ以上は逆らえなかった。

結局、弥助は千弥に背負われて、長屋にもどったのだった。


その夜、お江戸のあちこちで、不思議な風が吹いた。

鳥の羽ばたきと鈴のような清らかな音をたてる風。それに命を吸いとられるかのように、ぱたぱたと倒れる人たちがいた。大きなけがや病から見違えるように元気になった人たちばかりが、いきなり亡くなったのである。

それだけでも不気味なことだが、その家族らの反応がまた不気味だった。

「なんでこわれた！　なんで！」と、死体を抱きかかえて泣きわめく者がいた。

「また動くよ！　だから埋めないでおくれ！　あの人を連れてきて、直してもらうから」

と、墓に入れることを拒む者がいた。

だが、中には、

「やっぱり、こんなのはまちがっていたんだよ。人形なんかにすがってはいけなかった。これでよかったんだ。これでようやく……あの子は眠（ねむ）れるよ」

と、あきらめたように葬式（そうしき）の支度（したく）にとりかかる者たちもいたのだ。

終章

弥助(やすけ)はぼんやりと部屋のすみに座(すわ)っていた。

本当は、やらなくてはいけないことがたくさんあった。ぬか床(どこ)をかきまわしたり、千弥(せんや)の下駄(げた)を洗(あら)ったり、夕飯(ゆうめし)のことを考えたり。

だが、どうもやる気が起きなかった。気分が重くて、指を動かすのもおっくうだ。

と、戸口を開けて、ひょいっと、久蔵(きゅうぞう)が顔をのぞかせた。

「おやおや、たぬ助(すけ)がしけた顔してるなんて、めずらしいじゃないか。こりゃ雪でも降(ふ)るかな」

だが、天敵(てんてき)の顔を見ても、弥助(やすけ)はいつもみたいにやり返す気分になれなかった。わめくかわりに、しみじみと言った。

「そういう久蔵(きゅうぞう)は、いつも底抜(そこぬ)けに楽しそうだね。うらやましいよ」

「……なんか、いやな言い方だねえ。なんだい？　なにかあったのかい？」

「別に……千にいならいないよ。野菜売りの富八んとこに出かけてんだ」

「ふうん。富八の野郎、またぎっくり腰やったのか。ま、いいさ。今日のお目当ては、千さんじゃなくて、おまえだからね」

弥助の横に、久蔵は腰をおろした。そして、いつになく静かな声で言ったのだ。

「太一郎が死んだよ」

無言で顔をあげる弥助に、久蔵はうなずきかけた。

「人気のない河原で倒れているのが見つかったんだよ。……野良犬にでも食われたんだろうね。右腕がなかった」

「……なんで、そんなことおれに言うのさ？」

「おまえ、この前、太一郎のあとをつけてただろう？　太一郎のことが気になってる様子だったから、知りたいんじゃないかなって思って。……そういや、やつがいなくなったのは、おまえがつけてた日だったねぇ」

ちらっと、久蔵は弥助を見た。

一瞬、すべてを久蔵に話してしまおうかと、弥助は思った。だが、結局、やめた。かわりに、別のことをたずねた。

「太一郎って、久蔵のはとこ、だったんだよな？……死んで悲しい？」

「いいや」

きっぱりと久蔵は首を横にふった。

「おまえも、あいつがどんなやつだったかはわかってるはずだよ。死人の悪口は言いたかないが、やっこさんが死んで悲しむのは、母親のおいくさんくらいなものさ。実際、取り乱して、おかしなことばかり口走ってたよ。太一郎がこわれるはずがないって。直せば、また動くようになるから、埋めるなって」

しまいには、太一郎の遺体に近づくなと、庖丁をふりまわしだしたという。

そんなおいくをなんとか取りおさえ、一族は見張りつきで別荘に閉じこめることにした。いま、おいくは小さな部屋に閉じこもり、布で作った人形を抱いて、一日中なにかつぶやいているらしい。

「ま、暗い話はこれくらいにしとこう」

ぱちんと、久蔵は空気を切りかえるように、手を叩いた。

「さて、そろそろおれは行くよ。元気のないたぬ助とじゃ、暇つぶしにもならないからね」

　ああ、帰れ帰れと言いかけたところで、弥助はふと思いつき、別のことを口にした。それは、千弥には聞けないことであった。

「なあ、久蔵……初めて、好きになった人のことって、覚えてる？」

　久蔵はあきれたような顔をしたものの、すぐに真顔となった。

「覚えてるよ。そりゃもう、絶対に忘れるわけがないさ」

「だけど……他にいっぱい恋人とかいるんだろ？　それなのに覚えてるのか？」

「当たり前だよ。男で初恋の人を忘れるなんて、ありえないね。ま、だいたい初恋ってのは、しょっぱい終わり方をするもんだから、次の相手を探すことになるんだがね」

　弥助は目を伏せた。

　おあき。千弥以外で、初めて気になった相手だった。ことに、うそあぶらから解放されたときの笑顔は、弥助の胸に焼きついている。

　こんな気持ちを、また他のだれかに感じることができるのだろうか。

「おれは無理だ……」

「あん？」

「きっと……もうだれかを好きにならないと思う。久蔵みたいにはできないよ」

ばかだねと、久蔵はぐしゃぐしゃと弥助の頭をかきまぜた。

「できるよ。たとえ、さいしょの恋がうまくいかなくたって、また恋はできる。そういう相手が、絶対できる。そういうもんさ。……じつはさ、おれも探してるんだよ」

ふっと、久蔵の目が遠くなった。

「生涯いっしょにいたいって思える人、おれの残りの人生をぜんぶくれてやってもいいなと思えるような人。おれが探してるのはそういう人だ。魂にぴたりとくるような相手。そういう人に出会いたいんだよ。ただし、あせっちゃいないけどね」

「そう、なのか？」

「ああ。だって、考えてごらんよ。出会えたら、もうおれはその人だけのものになっちまうわけだろ？　女遊びも、深酒も、どんちゃん騒ぎも、ぜんぶ縁切りだ。だからさ、嫁さんが見つかるまでは、うんと羽をのばしておきたいんだよ」

久蔵はにやっとした。その顔はもういつもの遊び人の顔だった。

「まあまあ、なにがあったか知らないけど、あんまり落ちこむんじゃないよ。元気だしなって。なんだったら、また吉原に連れてってやろうか？　あ、そうそう。前に会いにいった紅月、最近たいそうな評判なんだよ。なんでも、紅月が三味線をひくと、飼ってる三毛猫が歌うんだそうだ。おまえがあげた猫だろう？　噂の種に、見に行こうじゃないか」

「……りんのやつ、元気にしてるってことだね？」

「そういうことだろね。最近、紅月には嫁入りの話も出てるそうだ。となると、いつまで猫のお囃子とやらを見られるかわからない。ってことで、今夜行くよ」

「や、やだよ！」

「いいから！　おれが行くと言ったら、だまってついてくりゃいいんだよ、このくそがきめ！」

「いでで！　は、はなせ！」

がっちりと久蔵に首をつかまれ、弥助は必死で逃れようとした。

そのとき、くすくすっと、耳元でだれかが笑ったような気がした。

おあきが見ている。見て、笑っている。

不思議とそんな気持ちになり、弥助はつきんと鼻の奥が痛くなった。

久蔵の言葉が本当なら、弥助はまただれかに出会えるかもしれない。特別な人に出会えるかもしれない。それでも、おあきの面影が胸から消えることはないだろう。

（おあきちゃん……おれ、忘れないから。ずっとずっと忘れないから）

わかってると、風がおあきの声を運んできた気がした。

「って、この！　いいかげん、はなせって！」

「だぁめ！　おまえは今日はどんなことがあっても、おれといっしょに紅月んとこに行くんだよ」

「だから、だれがそんなこと決めたんだって……この！　あっ！　千にい！」

「げっ！　せ、千さん！」

突然現れた千弥に、久蔵はぎょっとして手をはなした。自由になった弥助は、まるで子犬のように千弥に駆けよっていった。


やれやれと、久蔵は心の中でつぶやいた。

帰ってきた千弥にまとわりつく弥助は、いかにも子どもらしくて、ほほえましい。そのすがたに、久蔵はほっとしていた。

なにがあったか知らないが、今日の弥助はひどく落ちこんでいた。久蔵は内心、おおいにあせり、心配していたのだ。

だが、久蔵と話したことで、弥助は少し気持ちが落ちついたらしい。先ほどよりも明るい顔になっている。

よかったと、久蔵は胸をなでおろした。

（うん。まだまだこいつにゃ、千さん命の小僧っ子でいてもらいたいもんだ）

そんなことを思いながら、久蔵は千弥と弥助を見た。弥助はさかんに、久蔵の悪口を千弥に言いつけている。

これは一言物申してやらなくてはと、久蔵は二人にずかずかと近づいていった。

今日も、太鼓長屋はにぎやかな一日となりそうだ。

妖怪の子預かります 2

2020年 6 月12日　初版
2023年12月 8 日　7 版

著　者
廣嶋玲子

発行者
渋谷健太郎

発行所
(株)東京創元社
〒162-0814 東京都新宿区新小川町1-5
03-3268-8231(代)
http://www.tsogen.co.jp

装画・挿絵
Minoru

装　幀
藤田知子

印　刷
フォレスト

製　本
加藤製本

乱丁・落丁本は、ご面倒ですが小社までご送付ください。
送料小社負担にてお取替えいたします。

ISBN978-4-488-02822-0　C8093